幸福的

幸 福 な 食 卓

餐桌

〔日〕 Maiko Seo **瀬尾麻衣子** —— 著

李诺 —— 译

湖南文艺出版社
HUNAN LITERATURE AND ART PUBLISHING HOUSE

博集天卷
CS-BOOKY

《KOUFUKU NA SHOKUTAKU》

© Maiko Seo 2007

All rights reserved.

Original Japanese edition published by KODANSHA LTD.

Publication rights for Simplified Chinese character edition arranged with KODANSHA LTD.

through KODANSHA BEIJING CULTURE LTD. Beijing, China

著作权合同登记号：图字18-2021-298

图书在版编目（CIP）数据

幸福的餐桌 /（日）瀬尾麻衣子著；李诺译. --长沙：湖南文艺出版社，2022.2

ISBN 978-7-5726-0549-9

Ⅰ.①幸… Ⅱ.①瀬… ②李… Ⅲ.①长篇小说－日本－现代 Ⅳ.①I313.45

中国版本图书馆CIP数据核字（2022）第000529号

上架建议：畅销·日本文学

XINGFU DE CANZHUO

幸福的餐桌

著　　者：[日]瀬尾麻衣子
译　　者：李　诺
出 版 人：曾赛丰
责任编辑：刘雪琳
监　　制：邢越超
策划编辑：李彩萍
特约编辑：汪　璐
版权支持：金　哲
营销支持：文刀刀
封面设计：梁秋晨
版式设计：李　洁
出　　版：湖南文艺出版社
　　　　　（长沙市雨花区东二环一段508号　邮编：410014）
网　　址：www.hnwy.net
印　　刷：河北鹏润印刷有限公司
经　　销：新华书店
开　　本：700mm×995mm　1/32
字　　数：142千字
印　　张：8
版　　次：2022年2月第1版
印　　次：2022年2月第1次印刷
书　　号：ISBN 978-7-5726-0549-9
定　　价：49.80元

若有质量问题，请致电质量监督电话：010-59096394
团购电话：010-59320018

目 录

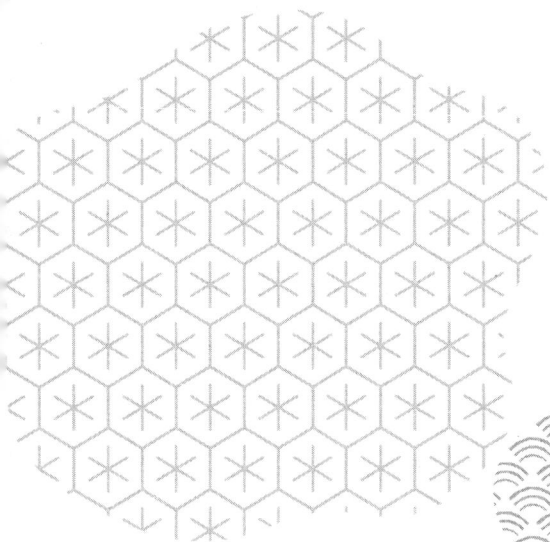

幸福的早餐

1

"爸爸从今天开始，决定不当爸爸了。"

春假最后一天，早餐桌旁的爸爸如是说道。

我把塞进嘴里的番茄一口吞下，说："什么？"

小直"哎呀"了一声，接着一如既往地波澜不惊。

我们家的早餐总是全家人聚在一起吃。妈妈和爸爸挨着坐，小直坐在妈妈对面，我坐在小直旁边。这是妈妈定下的规矩，妈妈从这个家搬走了，我们也还是严格遵守着。

周日的时候，如果谁有事要早起，我们三个人也会齐齐围坐在餐桌旁。生病卧床也会被弄起来，没有食欲也得坐在餐桌前。除了小直和我修学旅行的时候，还有爸爸住院的时候，每天都是大家一起吃早餐。从我懂事开始，这就是我们吃早餐的方式，所以我一直觉得这是理所当然的。其实仔细一想，这个惯例一点都不合理，而且很是麻烦。

先不说别的，光是配合彼此的时间就是一个大难题。小时候还好，长大以后大家的生活模式变得不一样了，没什么事情也必须早起，明明赶时间却非得等着大家……

最令我心烦的是，大家如果有什么重大决定要公布或者有什么烦恼要倾诉，一定会等到吃早餐的时候。当然，我知道，这也是没有办法的事情，谁叫早餐时间一家人都在呢？小直决定毕业后的出路，妈妈决定离开这个家，都是在早上宣布的。无论心情会因此变得沉重，还是心灵会因此遭受创伤，我们都依然要面对接下来的这一整天。

"爸爸，你说你不当爸爸了是什么意思？"

爸爸是个认真、严谨的人，不是那种会突然说些异想天开的话的人。

"爸爸我还没有一个明确的想法，也不知道自己想要做什么，但维持现状对我来说有些勉强。如果继续做你们的爸爸，我觉得自己接下来一定会出现某种障碍。"

爸爸有所顾虑地说明了一番，我反而更加不明白了：

"障碍？什么障碍？你说什么事情让你勉强了？"

"这个嘛，爸爸也有点说不上来。"

"你这都说的什么呀……你不觉得自己说的话很奇怪吗？"

我愤愤不平地说道。

小直却平静地问爸爸：

"比如，你觉得会产生什么样的感觉呢？"

"我想想看啊！要说具体一点的话，我在想要不要先把工作辞了。"

"懂了，爸爸你这么说我就明白了。"

听到爸爸的回答，小直友善地回应道。

比起爸爸不当爸爸这件事，小直的这种反应更成问题。接连被他两人震惊的我，连说话的声音都大了起来。

"你怎么连工作也想辞掉呢？"

"我想不到别的好方法了，而且刚好工作有点疲惫了……"

爸爸在初中教社会课。从教育大学毕业后，他立刻开始在当地的初中工作，今年是第二十一个年头。迄今为止，虽然我们听他发过一些牢骚，但他一次也没有提起过想要辞职。爸爸总是一大早就去上班，加班到很晚才回来，周六、周日还会去俱乐部，在我看来他过得挺充实的。

"疲惫？可是爸爸你还很年轻啊！在我们学校，比你老的老师多了去了。"

不知道是不是因为我的初中在很偏僻的地方，老师的年龄层一直偏高，几乎全是比爸爸年纪还大的老师。

"也挺好的，辞了吧！还有别的想法吗？"

小直倒了第二杯咖啡。

"我想想啊……当爸爸太久了，还可以做什么事情，我还真有点想不出来。"

爸爸歪了歪头。

"你可以去旅行呀！"

"旅行太麻烦了。爸爸我只要换了枕头就睡不着。"

针对小直毫无责任心的提议，爸爸慢条斯理地回答着。

"你们两个打住！爸爸你把工作辞了，那要怎么生活？"

看着小直和爸爸就这么讨论起来，我心里很是不安。我们家的贷款不是还没还清吗？爸爸却一副不怎么在意的样子。

"存款还有。当然，工作我也会找的。"

爸爸说道。

工作刚满一年的小直说：

"我不也有工作吗？总会有办法的。"

"但愿吧！"

既然小直说会有办法，那就应该会有办法的。小直虽然是个软弱的人，但是他总能想出点办法。

"总之我希望你们从今天开始能够平视我。"

爸爸对自始至终一脸不解的我说道。

"平视？"

"没错。从今天开始不要叫我爸爸，你们可以叫我弘先生。"

爸爸有几分害羞地说道。

"弘先生？"

我一脸诧异，但小直还是那副表情，他说："也行啊，不是挺好的吗？"

"我也不知道行不行得通，不过我想从可以做到的事情开始尝试。"

这是爸爸最后的宣言。

接着他望着我问："你觉得可以吗？"

爸爸总是会在意我的反应，他把很多事情都托付给了我。那件事都过去五年了，他还是这样……而我总是会做出让爸爸安心的回答。

"应该也可以吧！嗯，我觉得可以。"

听到我这么说，爸爸安心地点了点头。

我们一家都是老好人。不想当爸爸了——哪怕家里有人提出这种令人头痛的请求，我们也会以我们的方式去接受。我也在努力地控制叛逆期的那些情绪波动。

无论是小直还是我，我们大概都遗传了爸爸和妈妈骨子里的那种细腻和体贴，但不仅仅是这样。我们付出了各种努力，体谅彼此，互相尊重地生活在一起。

"真是令人头痛啊！"

吃完饭，我一边把餐具收到水槽里，一边咕哝着。

"什么事情让你头痛？"

小直一脸茫然。

"你还问我什么事情？当然是爸爸不当爸爸这件事啊！"

"哦，就这件事啊……"

"什么叫'就这件事啊'？说得那么悠闲。这可是个大问题。"

"是吗？只有称呼变了啊！"

小直说得倒轻巧。

很快，第二天就有事情发生了。爸爸正如他所宣布的那样，从他可以做到的事情开始执行。

总是第一个起床坐在餐桌旁的爸爸，到了早餐时间却没半个人影。

"怎么办？"

面对着异样的光景，我心里没了着落。

"这样不也挺好的吗？就我们两个人吃呗！"

小直还是和平时一样，倒了咖啡，坐在桌前。

"不去叫他起床吗？"

迄今为止，家里从来没有人毫无原因地缺席过早餐。吃早餐的时候有人缺席，让我感到特别不适应。

"没事。他肯定醒了。"

正如小直所说，生活十分规律的爸爸就算没有闹钟也一定起床了。

"可是感觉怪怪的。"

我给自己倒上一杯牛奶，坐在了小直旁边。

眼前的座位空荡荡的，视野倒是挺开阔的，但不适合早餐这个时间。今天是我成为二年级学生的第一天，一个值得纪念的早晨，可是一切都被打乱了。

"这样不也挺好的吗？只有哥哥和妹妹，自家人和自家人的早餐。工作的动力都是平时的两倍。"

小直是个什么都无所谓的人，一副心情很好的样子，还笑了起来。

"我就当是这么回事吧！"

早餐提前结束了。吃饭的人数和吃饭所需的时间是成正比的，小直如是说。如果真是这样的话，一个人吃早餐，早上不就可以起得更晚了吗？我这么思考着，而这时小直皱了皱眉说，这可不是一个好趋势。

我拿起书包走向玄关的时候，爸爸从楼上下来了。

"果然还是不行啊！"

爸爸连"早上好"都没有说，第一句话就是这个。

"果然还是忍不住要送我出门吧？"

被我这么一说，爸爸只好露出了苦笑。

"唉，想要从爸爸这个角色中走出来还真不容易。你路上小心。"

开学典礼持续到了中午，之后我去了趟妈妈家，顺便向她汇报一下我升入二年级了。话虽如此，我们学校规模特别小，也不会重新分班，所以其实没什么变化。不过升入了二年级感觉还不错，班主任也变成了山元老师，这让我小小地高兴了一把。

山元老师在学生中没有什么人气，但是我很喜欢他。原本是高中老师的他，不太习惯和学生一起参加活动，学校活动和社团活动他都不怎么积极主动。他的身上完全没有初中老师应有的活力。但是山本老师的课很不错，明明是个数学老师，却有一份对"美"的执着。他的板书字迹十分优美，措辞也很优雅。在山本老师眼里，不论是比值还是方程式，都有各自的美。不过，我这个初中生完全理解不了老师心中的美学。

"我回来了——"

我打开公寓的门，朝屋里喊了一声。妈妈从来不锁门。她跟我们一起生活的时候还挺谨慎的，自己一个人住了以后，却变得粗线条了。

"哎呀，欢迎欢迎！"

我走进厨房，妈妈一边忙活着手里的东西，一边转过头来。

"你来得刚好！"

厨房里飘来一阵香味，看来妈妈正在准备午餐。

"你是看准时机来的吧？"

妈妈笑了起来。

"这不是理所当然的吗？给小孩做饭吃是母亲的义务好吧？"

"有道理。"

妈妈坦率地表示认同，接着给平底锅点了火。

"你在弄什么菜？"

我朝平底锅里瞅了瞅。妈妈在翻炒面条和白色的大葱。大葱上色之后，开始散发出诱人的香味。

"接下来再加点酱油和奶油。"

妈妈从冰箱里拿出了奶油。

"哎——炒面加奶油听上去有点恶心啊！"

"我猜你就会这么想。但是呢，宫崎大婶跟我说这样味道还不错。好了，已经弄好了。很快吧？"

宫崎大婶是妈妈做兼职的书店里的同事，她老是教给妈妈一些奇怪的知识。

我准备了两个大小不一的盘子，然后泡了绿茶。妈妈离开家的时候几乎什么都没拿走，所以她的公寓里没有几样餐具。

"好吃吗？"

我抢先问了妈妈。这个奶油炒面，味道闻着还是挺香的。

"嗯，怎么说呢……"

妈妈咧嘴笑了笑。

看来这是要让我自己尝一尝。不管多么琐碎的问题，爸爸总是会一本正经地回答我。但妈妈从我小时候开始，就不正面回答我的问题。

我带着一脸的困惑，尝了一口奇妙的淡棕色炒面。

"嗯？好像味道不错。"

"是吧？我就是听宫崎大婶说味道还不错才尝试做的。"

妈妈回应道。

"酱油和奶油还挺搭的呢！"

我很是感慨。

"秘诀是白葱哦！"

"怪异组合产生的意想不到的美味，还真有点上瘾。"

我一边发表着自己的感想，一边又给自己盛了一盘奶油炒面。

妈妈开始一个人生活之后，做的饭菜一下子变得丰富多样起来。以前大家住在一起的时候，妈妈做饭就很好吃，但餐桌上出现的全都是按套路出牌的家常菜。现在一个人生活的妈妈，开始天马行空地做饭了。

"给家人做饭，当然不能做些奇奇怪怪的东西。"

妈妈说道。

"是吗？"

"是呀！保证营养均衡和味道适中才是最重要的。"

妈妈斩钉截铁地对一脸疑惑的我说道。

可是我觉得没有这个必要。虽然爸爸有的时候不太懂得变通，但他不是那种会对别人做的东西抱怨这抱怨那的人，而小直这个人不管吃什么都觉得好吃。

"一个人的话就可以自由安排。就算失败了，没有晚餐吃，也不会连累其他人。"

看来妈妈很喜欢一个人的生活。没有一个人生活过的妈妈，对现在生活里的一切都感到很新鲜。妈妈刚开始一个人住的时候有些不知所措，但后来很快就找到了一条属于自己的奔放随性又豁达的道路。

"妈妈，你听说了吗，爸爸说他不当爸爸了？"

吃完炒面之后，我对喝着绿茶、一脸满足的妈妈说道。虽然和爸爸分开了，但家里的事情我都会跟妈妈一一汇报。

"不当爸爸了？他要辞掉教师工作的事情倒是听说了……"

妈妈歪了歪脑袋。

"老师也不当了，爸爸也不当了。"

"那你爸爸也挺忙的呢！"

妈妈看上去不怎么感兴趣，利索地收拾起餐桌。

"我倒不觉得他忙。工作也辞了，爸爸也不当了，他不是一下子就闲下来了吗？"

"可是相应地，自己周围的环境会改变很多。光是要适应，就有的忙了。"

过了一年，现在已经完全适应了独居生活和工作的妈妈说道。

"你这么一说，他好像是挺忙的。"

我回想起早上爸爸的表情，笑了起来。

"今天你去哪里打工？"

"今天是和果子店。春天出了好多种和果子，店里可忙了。"

妈妈在和果子店和书店做营业员，还在针灸医院做前台的工作。每份工作都让妈妈忙碌得恰到好处，她似乎过得很愉快。

妈妈离开家，开始工作；爸爸不当爸爸了，还辞掉了教师的工作。

回家后，我发现爸爸——哦，不对，是弘先生——不在家，只听见小直的吉他发出的噪声。

小直是个心灵手巧的人，可唯独吉他怎么都弹不好。他从小学高年级开始学吉他，差不多有十年了，只要一有时间就练习，然而完全没有进步的迹象。尽管如此，小直却始终没有认清现实，每天都自我满足地演奏着。

"我回来了——"

我打开门,小直一边继续唱着,一边抬起头,用眉毛回应我"你回来啦"。

深夜里我开着车

一路狂奔

来到你的身边

奇怪的歌。歌词很随意,伴奏就更糟糕了。就连没听过原曲的我也知道,他肯定弹错了。不过,小直一如既往地用乱七八糟的和弦,配上胡编乱造的歌词,满腔热情地高歌。

"你回来啦!"

小直坚持唱完了整首歌,把吉他放到一边之后对我说。我又说了一次"我回来了"。

"你刚才唱的什么歌?"

"不知道是什么歌,但好像在哪儿听到过。"

小直每一天,而且是每一次,都会唱不一样的歌。有时候是慢歌,有时候是快歌。有时候会展现他英语鉴定考试一级的实力,用流畅的英语唱歌;有时候会用含混不清的只言片语,唱不知道

是法语还是意大利语的歌。甚至有时候光是"啦啦啦"就能持续
三十分钟，让人听得想哭。小直可以把一首自己都不熟的歌坚持
唱完。他老是弹一些不知道在哪儿听到的、有几分朦胧记忆的歌，
所以不管过了多久，他都练不出一首像样的。

"好奇怪的一首歌。"

我坐在了小直的床上。小直的床硬邦邦的，坐起来很不舒服。

"升入二年级感觉如何啊？"

小直窃笑了一声，向我问道。

"班主任变成了山元老师，同班同学没怎么变。"

"那不是挺好的吗？"

"而且啊，坂户君跟我一个班了。"

我嘿嘿地笑了笑。坂户君虽然学习成绩不太好，但是不管做
什么都很快——跑步很快，中午吃饭的速度也比其他人都快。严
格遵守爸爸对我的要细嚼慢咽的教诲，我总是比其他人吃得慢，
有时候坂户君会把我吃不完的东西拿走。

"坂户君是发型很飘逸、特别爽朗的那个？"

都不知道我说的是谁，还在那儿瞎猜。

"嗯……对。"

我点了点头，懒得跟他解释，其实坂户君是寸头。

"咦？小直你没去上班吗？"

小直平时总是过了六点才回家，今天这会儿还不到四点。

"我这叫晴耕雨读。"

小直又拿起了吉他。

"晴耕雨读是什么意思？"

小直无视了我的问题。

"请点歌。"

锵地划响一声混浊的和弦，小直又唱起了叫人不明所以的歌。

"你还是偶尔唱一首我听过的歌吧！"

虽然我知道不会如我所愿。

"行，那就唱这首吧！"

小直说罢，便唱了起来。

　　无聊得要死

　　一个人待在房里

　　无聊没有尽头

"这是什么歌？"

"你没听过？"

小直中断了表演，一脸震惊。

"没听过。歌名叫什么？"

"我也不知道名字，但是以前弘先生经常唱这歌，所以我还以为佐和子你肯定知道。"

小直的适应力太强了，他十分自然地称呼爸爸为"弘先生"，就好像自己平时就把这个名字挂在嘴边一样。

"哦，是吗？我从来都没听过。"

自懂事以来，我一次都没有听过爸爸唱歌。想让小直用吉他好好演奏一曲，简直是奢望。

"哎，你居然没听过！"

小直皱了皱眉，又唱起了他胡编乱造的歌。

小直宣布自己不上大学那次，也是在大家吃早餐的时候。

今年秋天热得不寻常。十月都快结束了，院子里的草却依旧郁郁葱葱。"看样子有什么怪事要发生了。"爸爸说完这句话之后，事情就发生了。

小直不上大学这件事让大家从内心感到了震惊。那时候还是小学生的我，也意识到了这件事的严重性。

小直在我们这个小地方是公认的天才儿童。他上小学的时候，就比一般孩子聪明。初中时，每科——当然除了音乐课——成绩都常年保持年级第一。高中三年继续保持年级第一，自学考过了汉字鉴定考试和英语鉴定考试一级。

小直并非孜孜不倦的人，他总是能在短时间内取得非常显著的进步。记性好，悟性好，直觉也很准，每次考点一压一个准。跟着广播里的英语口语节目随便练了练，就练出了优美的英语发音。学习不会觉得累，也没在学习上吃过苦——小直经常这么说。

"我不喜欢学习，就算去了大学也只是浪费时间。我想做更有实际意义的事情，用简单明了的方式去做一件事。那样对我来说就够了。"

小直用平静但十分肯定的语气说道。

"学习也好，参加社团活动也罢，只要每天都过得充实就行。到底是不是浪费时间，全看你自己。"

很难得听到爸爸用这么强硬的语气说话。

"学习、社团活动这些事情，让我完全没有充实感，不管怎么用脑子，也不会觉得累，甚至不觉得自己做了什么事情。体育运动对我来说顶多是个兴趣爱好。"

从以前开始，不论学习还是体育，小直从来没费过什么劲。他没有想过要做出什么成绩。

"和初中、高中不同，大学是接受更广、更深的知识的地方。"

爸爸说了一句特别像老师才会说的话。

"更广、更深的知识？关于什么的？我并不想对任何事情有深刻了解。真正想知道的事情，我自己一个人就能了解到。一个顶多一千人的群体，而且大家年纪相仿，我不认为待在那样的地方能够拓宽自己的视野。"

说出这种歪理，一点都不符合小直平时的作风。

"那你究竟决定做什么？"

当时已经完全说不出话的妈妈很担心地问道。

"我认真考虑过了。"

小直用坚定的目光看着两人。

"大学毕业，在公司上班，或者像爸爸一样当个老师，大部分工作都是脑力劳动对吧？不管什么脑力劳动，我都不会觉得满足。我想做一些更简洁明了的事情。"

"更简洁明了的事情是什么？"

"农业。为了吃饭而创造，为了吃饭而劳动。简单明了，让我很有干劲。"

小学的毕业文集、中学的毕业纪念册、上高中后的新春试笔，小直写的都是"单纯""简洁""想要变得简单"之类的话。

在那之后，爸爸和小直好像谈过几次话，但是没能改变小直的想法。小直在一个名叫"青叶之会"的种植无农药蔬菜的农业团体工作。

"我回来了。"

爸爸回来时，刚好太阳下山了。

"你到哪儿去了？"

"我在这附近走了一圈。"

爸爸有些害羞地说道。

"从早上开始？"

"嗯。每天上班，都没什么机会悠闲地在周围散散步，四处走走还挺有趣的。我发现了一家看上去特别好吃的面包店，买了点法式面包回来。"

爸爸把洋气的包装纸袋放在桌上。

"爸爸竟然会买面包回来，太令人惊喜了！"

"我又顺道去了你妈妈……忘记改口了……我顺道去了她上班的地方买了和果子。"

"真是稀奇！"

听到我这么一说，爸爸得意地说："对吧？"爸爸接着又说他让妈妈给他打了五折，一脸高兴的样子。

"先不说这个了。你的工作呢？你打算找新工作？工作找得到吗？"

我向爸爸发起提问猛攻的时候，小直从二楼走了下来。

"女人真是现实啊！"

"你别说，还真是。妈妈跟佐和子问了一模一样的问题。"

爸爸和小直都笑了。

"差不多该吃饭了。没有工作，游手好闲的，肚子反倒还饿了。"

爸爸说得好像事不关己一样，说罢便朝餐桌走去。

"晚餐还早呢！什么吃的都没有哦！"

妈妈离开家之后，晚餐却几乎都是妈妈做好了给我们送过来的。不过周五妈妈会兼职到很晚，所以晚餐由小直或者我来做。

"樱花饼就着法式面包，不是挺好的吗？"

爸爸说道。

"你是说当晚餐吃？"

我十分震惊。

我们家不仅仅是早餐，而是一日三餐都从不马虎。即便妈妈不在，我们也会用小直从单位带回来的蔬菜什么的，做一桌营养均衡的饭菜。别说快餐了，就连方便食品、即食食品之类的都不怎么吃。

　　"好主意。"

　　小直表示赞成。小直这家伙不论什么事情都无所谓。

　　爸爸买了二十个樱花饼。我还以为是从熟人那里买的，结果看来是他不小心买多了。

　　把樱花饼当晚餐吃，感觉像是在做坏事一样，还有点小兴奋。这种感觉就好像小时候半夜里和小直两个人偷吃冰淇淋。我和小直不约而同地想起了这件事，忍不住笑了起来。不爱吃甜食的爸爸，用一杯又一杯的浓茶，送着樱花饼。

2

爸爸不当爸爸已经一周了，但家里几乎没有什么变化。

我原本以为爸爸已经不当爸爸了，就不管做什么都没人说我了，心想这不正好吗？可是我这个人本来就不调皮。

"我真是个老实的孩子啊！"

我在一旁咕哝着，小直笑了。小直明明是个男生，却总爱在背后偷笑。

本来爸爸就不是那种爱对我指手画脚的家长。他很尊重我，很认真地对待我，这一点我很清楚，但是反而让我心里有种很堵的感觉。

"佐和子，你要是交了男朋友，肯定也会嫌爸爸念叨得烦人。"

小直一边剥着西柚一边说道。我们把西柚冷藏了一下，作为饭后的甜点。西柚切成两半吃起来更方便，但小直把西柚一瓣一瓣地剥了下来。

"是啊，希望别到了那个时候他又变回爸爸了。"

"他都已经不当我们的爸爸了，所以应该不会再变回来了。"

剥完西柚的小直，把西柚皮放在了不同的地方。房间里满是清新的香气，一种清晨的味道。

"也不一定吧。我觉得过两三个月他就变回我们的爸爸了。"

"那我就不知道了。不过其实结果都一样。肚子饿了，我们先吃饭吧！"

自从参加工作，小直的食欲就变成了以前的两倍。他本人觉得这是一件十分值得高兴的事情，动不动就从嘴里喊出"肚子饿"这句话。

今天的晚餐是妈妈给的鲕鱼西京渍和干萝卜丝做的炖菜，把土豆弄碎之后加上盐巴、黑胡椒和醋的简单沙拉，以及现煮的米饭和生鸡蛋。

以前我不爱吃生鸡蛋，但后来小直总会从青叶之会带鸡蛋回来，生鸡蛋就变成了我的每餐必备。青叶之会的鸡是放养的，鸡有充分的活动空间，所以生下来的蛋非常美味，有一种绵密柔和的口感在嘴里扩散开来。

"我开动了。"

只有我和小直两个人的时候，我们也会挨着坐。妈妈离开家之后，只有我们两个人吃晚餐的时候变多了，虽然我们心里都觉得面对面坐会更宽敞，但谁都没有实际这样坐过。

"你要哪个？"

深咖啡色的鸡蛋和浅咖啡色的鸡蛋，小直一只手里拿着一个给我看。

"这个。"

我选了深色的鸡蛋，把鸡蛋敲在了碗里。

"选得不错。"

小直看了一眼鸡蛋的蛋黄说道。我一直搅拌到看不出蛋清，加入了些许酱油。小直没有加酱油，而是直接把蛋液浇在了饭上。

"唯独这个我是怎么吃都不腻的。"

我也是。小直带回来的蔬菜、妈妈尝试的新菜都很好吃，但基本上多吃几次之后就没有那种惊艳的感觉了。唯独生鸡蛋盖浇饭，每次都好吃得让我感动不已。

"这次我拿回来的是克里斯蒂娜和正子的蛋。"

"鸡也有名字？"

"当然。"

小直自豪地说道。

"我觉得鸡看上去都一个样，但在和它们朝夕相处的人眼里果然还是有不同啊！"

青叶之会有一百多只鸡，全部是放养的，每只鸡不论何时都在忙碌地走动着，我完全看不出区别。

"羽毛的颜色、鸡冠的样子、性格，每一只鸡都是各不相同的。理论上是这样的，但我只能看出克里斯蒂娜的不一样。"

"为什么只有克里斯蒂娜？"

"总觉得它挺可爱的，我一定是爱上它了。"

小直傻笑了一声。

虽然不知道这是克里斯蒂娜还是正子的蛋，但总归很美味。

一个晴朗无云的惬意的早上，爸爸进行了接下来的宣告。

最近早餐的餐桌上总是迟迟见不到爸爸的影子，但今天一早他就在自己的座位上坐好了。

"这次又怎么了？"

听到我这么问，爸爸却反过来问我："你说什么怎么了？"

"你肯定又要跟我们说什么事情了吧……"

"哎呀，都被你识破了！"

爸爸的样子比他上次宣告决定不当爸爸时还要腼腆。

"我打算去上大学。"

爸爸说道。

"爸爸，你不是已经在大学上过课了吗？"

"对，但这次我想在药学部学习。"

最近这几天，爸爸好像在四处搜集各种大学的资料。

"药学部？这又是为什么啊？"

小直问道。

"听说要参加药剂师的国家考试，必须在药学部学习才行。"

"参加药剂师的国家考试又是为了什么？"

这次换我问道。

"在制药公司制作药物，不是需要药剂师许可证吗？"

爸爸用毋庸置疑的口吻说道。

"那确实需要。"

小直听了点了点头。

所以说爸爸想去制药公司工作？至今从来没有听爸爸说起过自己对药品感兴趣什么的。爸爸上大学这件事，比爸爸不当爸爸这件事还要令人费解。但是小直表示大力赞成："不管做什么事情，要做就干脆点。"

"佐和子你觉得呢？"

爸爸又来问我。

"这本来就是爸爸自己说了算的事情，学习总归是好事。"

听了我的回答，爸爸点了点头。

"那事情就是这样，从今天开始我会努力学习。"

"那从今天开始你就是复读生了呢！"

听我这么一说，爸爸一脸高兴地说："那我也算是有个新职务了。"又笑了笑。

比起爸爸成为复读生这件事，今天学校营养午餐的菜单更让我头痛。上周刚吃了盐烤鲭鱼，今天又见味噌烧鲭鱼。

不知道是不是因为我们学校离海边很近，一个月的营养午餐有三次是鲭鱼。鲭鱼的肚子鼓鼓的，花纹也很恶心，我最讨厌吃鲭鱼了。

"不过，营养午餐的鲭鱼基本上是从挪威进口的哦！"

坂户君说道。

"那为什么出现得这么频繁？"

"便宜啊！而且基本上大小均匀，很适合食堂供应。"

"哦。"

坂户君果然挺厉害的。他搞学习完全不行，但脑瓜子里装满了实用型的生活常识。

坂户君是初中一年级的三月来到我们班的转校生。在这种马上就要升入下个年级、不上不下的时期来到班里的坂户君，毫不意外地完全没有融入班级。

坂户君是个脑子不聪明，还有点讨厌的家伙。体育、音乐这种凭感觉的课还好说，他在学习方面完全不行。他不懂得自己下功夫努力学习，也不跟着课表走，回家连作业都不写。

对朋友也给人这种感觉，当场应付一下就了事，完全没有与大家认真交流的欲望。转学之后过了好久，他都记不住同班同学的名字。

他转学不久，换座位换到了我旁边。换座位之后的第一堂课，他就告诉我自己忘了带课本。

"那要不一起看？"

我话音刚落，坂户君就说：

"你想给我看？"

我不知道他在说些什么莫名其妙的话，但是我心里想着他没有课本的话也没法上课啊，于是我跟他说：

"不是我想不想让你看的问题，而是看着课本上课比较好，没有课本的话你可能会听不懂。"

我刚准备把课桌移过去，坂户君若无其事地从包里拿出了课本。

"你这不是带课本了吗？"

我非常吃惊，坂户君却十分平静地回答说：

"带了啊！"

"那你为什么说你没带？"

他见我一副生气的样子，笑了笑说：

"不事先摸清旁边座位的人是什么样的人，以后不就很难相处吗？我现在清楚中原你的为人了。"

"什么样的人？"

"我想和你交朋友，因为你挺温柔体贴的。"

坂户君直截了当地回答道。

因为总是转学，没有深入了解对方并且成为朋友的时间，所以想和简单直白的人交朋友——坂户君是这么说的。

我从来没有被人当面说过想要成为我的朋友，这次害得我心跳加速，紧张了一把。就这样，我和坂户君成了朋友。

"该怎么做才能让鲭鱼从营养午餐的菜单上被永久除名呢？"

我一个人念叨着。鲭鱼这东西一年四季都会出现在营养午餐的菜单上，这个待遇我可真的无福消受。

"抢在食堂的大妈之前把鲭鱼全部买下来不就得了吗？"

坂户君说道。

"我可没那么多钱。"

"那不然把鲭鱼想象成沙丁鱼吃掉？"

"我的想象力可没那么丰富。"

"或者你去教鲭鱼正确的游泳姿势，训练它们不被捕获。"

"等到鲭鱼把游泳学会，那得多长时间？况且我根本不会游泳。"

"那不然我们一起去偷袭食堂？"

坂户君提出了一个激进的方案。

"这听起来还挺可行的。"

"没问题，我们做得到。"

坂户君笑了。

"今天的我就先帮你吃了算了。"

"谢谢你，坂户君。"

坂户君完全不挑食，营养午餐会一点不剩地吃掉。他好像特别喜欢吃鱼，如果没有特殊情况，他会连鱼刺和大的骨头一起吃掉。他那颇有攻击力的吃相，让我发自内心地感到钦佩。

今天的早餐很豪华。虽然主角缺席了，但今天依然是母亲节。

妈妈给我们带了春卷和鲑鱼奶油意面，小直从工作的地方带回了新鲜的蔬菜和水果，但餐桌的摆放毫无秩序，一点也不讲究。我们家从以前开始，每逢纪念日什么的就会来一顿豪华的早餐。中国菜、意大利菜、日本料理，各种类别混杂在一起，总之就是把大家各自的拿手菜胡乱往餐桌上堆。

"好丰盛啊！"

爸爸一脸高兴地说道。

"昨天学习到很晚，可把我饿坏了。"

随着考试逼近，爸爸越发来劲。他白天在图书馆学习，晚上在桌前学习到两点多。不懂得敷衍的爸爸不适合学习和备考。不必要的就跳过，能不看的就不看——这些他都不懂。他一定会把每个细枝末节都探究明白。早上从床上起来的爸爸，就像刚跑完长跑一样浑身透着疲惫。

"茶叶还没泡开，再等等。"

爸爸喝绿茶，我喝牛奶，而小直一般喝咖啡或者奶咖。平时每个人的选择都各不相同，但今天小直煞费苦心地泡了红茶给我们喝。小直和我不同，他的身体状况和情绪从来不会受到季节、时间段的影响，无论何时，无论在何地，心情都特别好。今天早上他尤为兴奋。

"你怎么了？"

我问小直，他笑了笑。

"今天啊，我想带一个很重要的人来见你们。"

"很重要的人?!"

我居然没有察觉到小直谈恋爱了。他一次都没有在早餐时间跟大家宣布过。

"怎么这么突然？"

"其实也不是什么突然的事情，我之前就一直在想要不要带来跟你们见见面。"

小直一边倒红茶一边说道。

"所以这个人到底是谁？"

"见了面你就知道了。"

"搞得这么神秘。长得可爱吗？"

"还可以。"

小直的笑容中带着几分得意。

"是我认识的人？"

"你应该认识。"

"欸？是谁？"

我又发起了询问的攻势，却被爸爸拦下了：

"晚上咱们就知道了，不是吗？赶紧吃饭吧，我都饿了！"

"好吧。"

小直开始吃早餐，没有再说任何有关他恋人的事情。虽然我想问的事情还有很多，但是看着他们吃得那么香，我也忍不住吃起来。

上午我早早地朝妈妈家出发了。我邀请爸爸跟我一起去，但他说他不去，他要学习。

晴耕雨读的小直，周末一般也有工作，于是我和复读生爸爸二人独处的时间增多了。我和爸爸心里面都隐隐约约地察觉到了这件事带给彼此的困扰，但我们都闭口不谈。我经常跟爸爸一起去外面散散心，虽然我觉得挺麻烦的，但是看见爸爸一副很高兴的样子，我也就松了口气，而爸爸看见我高兴的样子也就很高兴。我没有拒绝过爸爸的邀约，爸爸也没有拒绝过我提出的请求。但爸爸似乎不太想被自己的女儿看见他和妻子见面的样子，他好像会害羞。可是大家在不久之前不都一直生活在一起吗？他们两个人在一起的样子我都看了那么多年了。

"今天是母亲节,这是我和小直送给你的礼物。"

我把我和小直一起买的一套餐具送给了妈妈。

"哎呀,谢谢你们!"

妈妈很高兴,迫不及待地拆开了包装纸。

"我的两个孩子可真有品位!好可爱的花纹!"

盘子是白色的,边上有小小的黄色花纹,是经过小直一番非常认真的挑选后才脱颖而出的。

"这个设计我也很喜欢,但是最让我开心的是你们能想到送我餐具。"

妈妈说道。

"为什么?"

"因为你们专门为我挑选了我在这个家里生活所需的物品。"

妈妈小心翼翼地把盘子放进了餐柜。

离家出走后,妈妈似乎彻底得到了解放,开朗,而且看上去不再寂寞了。屋子里没有多余的东西,看上去很敞亮,很适合现在的妈妈。但是这个屋子里沉淀了某种东西,是即使地点改变了,也抹不掉的某种痕迹。不管什么时候,浴室都被擦得锃亮,完全看不出使用过的痕迹。

"嗯，很搭。"

妈妈看着餐柜里的盘子说道。

"挺不错的。"

没有厚重的餐具，每件都很小巧、纤薄，不过厨房一下子温馨了许多。

一回家我就发现，正如早餐时间所宣布的那样，小直把他的"命中之人"带来了家里。

小直带回家的是克里斯蒂娜，荷兰的一个品种。

"抵抗力很强又温驯，是个亲人的孩子。"

小直把鸡朝向我这边，给我做了一番介绍。

"嘻！"

我一下子没了兴致。

"怎么了？让你失望了？"

小直开始在庭院里给克里斯蒂娜规划地盘。

"倒也不是失望。"

"我觉得佐和子你没准也会喜欢它。"

克里斯蒂娜的一身茶色羽毛如同被太阳烤过一般，的确很讨人喜欢。

　　鸡跟佐和子一样耐寒，但是怕热，夏天越来越热了，所以让人担心；清洁卫生是最重要的，要注意不能留下饲料残渣——小直一边向我做各种讲解，一边给克里斯蒂娜修建鸡窝。

　　原来马上就要进入炎热的季节了啊！我看着怯生生地在小直身旁打转的克里斯蒂娜，不禁叹了一口气。

3

身上黏糊糊的，我醒了。一时间我没能搞清楚状况，思考了片刻，一种不祥的预感涌上心头。

梅雨季节开始了。

头上的天空充满了水分，周围满是湿气。不管气候多么异常，梅雨季节都会如约而至，而且无一例外地每年都会引发我心中的混沌。

换成平时，我根本不会想起来，但是梅雨季节开始的那一瞬间，我就会真实而又清晰地回想起来。记忆一旦被唤醒就无法再抹去，没有办法置之不理。越是想要将其推到一旁，从脑海中的那个角落里散发出来的存在感就越强。不到梅雨季结束，太阳驱走潮湿的空气，我就只能不停地感受着痛苦。

如果那件事不发生在如此特殊的季节，我是不是就能够轻而易举地忘记呢？或者顶多偶尔回想起来，胸口难受一阵也就过去了？

我下楼去吃饭，小直和爸爸坐在餐桌旁，和平时一样。

"面包烤好了哦！"

这是小直今天的早安问候。

"早。"

我从小烤箱里取出面包，坐到了座位上。

"怎么了？你身体不舒服？"

小直一边抹上厚厚的黄油和果酱，一边问我。我平时一般会抹上果酱或者黄油，但是今天我什么都没抹。

"没怎么。"

"真的没事？"

爸爸平静地问道。

"嗯，没事。"

虽然我很想装出什么事都没有的样子，但看来还是藏不住。

爸爸察言观色的举动，让我觉得更不舒服了。已经过去五年了，他还那么小心翼翼地对待我，真是够了。

"佐和子。"

小直认真地叫了我的名字。

去年梅雨季，我也是一大早整个人就垮掉了，还因此被小直藐视了。"大清早就看见妹妹摆着臭脸，害得我连班都不想上了，你别那样了。"——我原以为他又会展开这套神奇的逻辑，便不耐烦地抬起了头。

"干吗？"

"没。就是觉得你特可爱。不知道是不是梅雨季节湿度高的缘故，你皮肤看着好好呀！我好想一把抱住现在的佐和子。啊，不行，亲兄妹抱在一起好像怪怪的。"

"一点都不好笑。"

这种生硬又敷衍的伎俩，根本不可能让我心情好转。

"好吧，真可惜。"

小直见状立刻收手了。

小直是那种拿得起、放得下的人，所以不管受了多么强的刺激，过个十天半个月，也就成了不值一提的往事。我则视情况而定，慢慢地让记忆淡去，可是一到了梅雨季节，往事就又会席卷而来。

五年前的梅雨天，一个周六还是周日，我不太记得了，我上午出门去了朋友家。美幸过生日请我吃饭，我们吃着炸鸡和什锦寿司饭，玩起了桌游《人生游戏》。作为生日礼物的回礼，美幸送了我一支铅笔，傍晚我心里美滋滋地回家了。

走上家门前的小路时，总觉得我们家看上去比平时更阴沉。不知道是不是天气的原因，梅雨季节的云挤满了天空。我觉得好像哪里不对，而推开门的一瞬间，我并没有能够立刻意识到到底发生了什么不得了的事情。

我四处寻找妈妈。我的内心在催促我赶快找到她，我也知道她应该在哪里。她一定在浴室，我毫不犹豫地朝浴室走去。

我们家的浴室和别的房间相比，设计得非常宽敞。浴缸倒也不是特别大，但冲澡的地方和洗面台兼更衣室都宽敞到有点浪费。这些空间不仅很多余，而且冬天很冷，大家都觉得这是我家十分需要改善的地方。

妈妈在更衣室。浴室的门是敞开的，她瘫坐在地上，用很小的声音自言自语着，脸上的表情不是笑也不是哭，好像丢了魂似的。

爸爸在浴室里，身上穿的是他最常穿的那件浅黄色夹克和米色的裤子，倒在了淋浴的地方。

死了？爸爸周围有大量颜色偏黑的血，血肆无忌惮地朝四周流淌。

"妈妈，快叫救护车！"

我大叫着。

"妈妈，赶紧叫救护车！"

我说了好多次。我摇晃着妈妈的身体，大声地喊着，但是似乎声音没有传到妈妈的耳朵里。她依然坐在原地，嘴里咕哝着"为什么"。

我自己叫了救护车。我颤抖地按下了119，接线员问的问题被我回答错了好几次。

爸爸没有死，而且两天后就出院了，但脖子和手腕上留下了刀痕。流了那么多血，失去了意识，倒在了地上，结果现在人没事了。这真的让我有点惊讶。

后来我才知道，小直当时在家里。他得知发生了什么事情之后，在爸爸的房间里找出了遗书。比起爸爸的死，他更在意爸爸想死的理由。

爸爸裹着绷带，很快又开始上班了。爸爸出院之后，一家人又每天一起吃早餐了。妈妈和爸爸什么都没有说，我不知道我该如何理解发生的这些事。

我们的日常生活看似和以前没有什么不同，但是的确有了一些细小的变化。

妈妈每天雷打不动地刷着浴室，仿佛她只有这一个使命。她用尽浑身力气拿抹布擦着，每天都花很长时间刷浴室。而她只要跟爸爸待在一起，就会紧张起来。和爸爸挨着坐的时候，她总是看上去很痛苦，好像有什么事情想不开。大家都没有说什么，但是妈妈会突然向爸爸道歉，哭着说当时叫救护车的人应该是自己。

而爸爸自那以后对我老是客客气气的。虽然他没有说出来过，但是他十分感激我。这份感激大过父亲对女儿的爱，让我感觉特别奇怪。

小直有时候会装成什么都不懂的样子，试着对大家说些什么。

"我就在想啊，自杀的人都选在浴室，肯定是因为事后打扫起来比较方便吧？"

他试图用这种小孩般的发问方式去直面那部分痛苦。

"反正已经死过一次了，把该忘的都忘了，今后咱就快快乐乐地过日子吧！"

他还发出过这样大胆的提议，但没有一次成功。我们把这些小小的芥蒂藏在心里，每天依旧一起吃早餐，日复一日地过着每一天。

时间真是妙啊，会把各种各样的事情都带走。爸爸在浴室差点死掉，妈妈失去理智，我叫来了救护车，爸爸得救。这原本是一次相当可怕的意外，但也不过如此。花很多很多的时间，去做那些日常的事情，不知道是我们习惯了这异样的空间，还是彼此扭曲的感情在一点一点地淡去，我们之间的缝隙在一点一点地缩小。

除了妈妈。

妈妈病了。不管过了多久，她都无法回来。妈妈和爸爸在一起的时候不能正常地呼吸，躁动不安，情绪跌宕起伏。

妈妈去做了心理咨询，跑去听一些感人的故事，参加了疑似宗教的团体。偶尔能看到一些成效，她露出开心的表情，但都没超过一天。

在四月的一个愉悦的周日，妈妈宣布：

"我打算离家出走。"

不管再怎么努力，不管试了什么样的方法，她只要待在这个空间里就会感觉到压抑，和爸爸在一起太痛苦了。

我们没有人反对。那样挺好。谁都没有说出口，但大家都这么认为。这四年以来和意念消沉的自己做斗争的妈妈真的累了，我们都看在眼里。

"嗯，我没事。"

面包我只吃了一半就下桌子了。明明没吃多少东西，却觉得很恶心。

湿气、爸爸的血、妈妈失常的声音交织在一起向我逼来，胃开始难受了。自那以后，一到梅雨季节我的胃就会崩溃，不管吃

什么药都不起作用。跟我吃不吃胃药和我做什么毫无关系，只要
到了梅雨季节，我的胃就会刺痛。

光是进入梅雨季节就够我痛苦的了，然而我的不幸还在加重。
到学校之后，我比早上更加消沉了。

坂户君要转学了。

"班里只有十九个人了，这下座位不好安排了呢！"

山元老师试图打破班里沉重的气氛，用朗朗的声音说道。

"我的座位放打扫用具的柜子不就可以了吗？"

坂户君笑了。

可是讲究美和平衡的山元老师摇摇头说：

"那多影响美观！"

"那……要不把桌子排成一圈？不管来了转学生，还是有谁
走了，平衡都不会被打破。"

"有道理。那样也不错。"

山元老师听了坂户君的主意很高兴。

把桌子排成圆圈，这是什么馊主意？要是那样的话，怎么看
黑板？多难上课啊！但是如果能这样去思考的话，也许爸爸就不
会决定不当爸爸了。

全家人都必须在场的早餐。营养均衡的早餐食谱。

谁都不会去破坏的座位顺序。

对于餐桌应该是什么样的，我们可能在乎过头了。

"你好歹把第一学期上完了再走啊！"

在回家路上我对坂户君说道。再过一个月就是暑假了，明明可以在暑假期间搬家的。我是真的这么觉得的，而且不只是待到第一学期结束，其实我很希望他待到整个学年结束。

"没办法，父母决定的。"

坂户君说道。

"你搬去哪儿？"

"冈山。"

"怎么跑那儿去？"

"也是父母定的。"

"你光说是父母定的，我也不知道发生了什么事啊！"

我提出了抗议。

"我家其实已经不是一个家了。"

"不是一个家？"

"就像那些课都没法好好上的班级，班里有的人站起来随意走动，有的人高兴干吗就干吗。我们家也是那样，妈妈她想做什么就做什么，没个定性。"

坂户君说道。

我回到家里，妈妈也在。有时候她会来家里打扫卫生，给我们做晚餐。不过今天她来得特别凑巧，让我很意外。

"梅雨天开始了，我担心佐和子你会很难受。"

妈妈说道。住在一起的时候，妈妈明明完全没有注意到我因为梅雨天而消沉这件事。

"我没什么。爸爸呢？"

"他在学习。"

爸爸对学习一天比一天投入，每天在桌子前埋头苦干，他要想比现在更刻苦都不可能。

"对了，我带了点心过来。"

妈妈说她刚做了布丁，拿出来给我吃。我说了声"谢谢"，接过了布丁。可是我完全没有食欲，而且布丁甜甜的气味让胃很不舒服。妈妈说她刚才已经和爸爸吃过了，但又拿了一份出来给自己，坐在了座位上。

"我们家是不是已经不是一个家了呢？"

我一边用勺子戳了戳布丁，一边说道。

妈妈把眼睛瞪得圆圆的。

"为什么这么说？我倒觉得我们家挺好的呀！"

"爸爸不当爸爸了。妈妈离家出走，独自生活。"

坂户君说他家已经不像一个家了，我觉得我家更不像一个家。

"但是大家会一起吃早餐；爸爸不再拘泥于以父亲这个角色来守护孩子；妈妈离开了家，但依然爱着孩子们。一切都很完美。"

妈妈笑了。

"但是妈妈你还要回你的公寓不是吗？"

"是啊！"

妈妈很理所当然地回答道。

"吃了晚餐再回去不是也挺好的吗？真奇怪。"

妈妈做了晚餐，但是不会跟我们一起吃，而是回了公寓以后自己吃，真的太奇怪了。

"但是回去之后有你和你哥送我的餐具呀！"

小直提议买个什么东西让妈妈那个冷清的屋子看起来热闹一点，难道是这个意思？可送餐具又不是什么分开生活的象征，我刚想要这么说。

"我知道，即便分开了，你们也认我这个妈妈，对吧？有你们这么独立的孩子，我很安心。而且不在一起了，人会更敏感。待在一起反而会觉得很多事情都是理所当然的，稀里糊涂地过日子。分开以后，为了了解你，我就得调动我的神经去观察，所以我才注意到梅雨季节开始了。"

妈妈挖了一勺布丁说道。

"虽然我有时候也会想陪在你们身边，但是你们都已经大了。而且家里好像多了一个静不下来的新成员。"

"嗯？"

"那个荷兰品种鸡，一直在那儿叫呢！"

"荷兰品种鸡？"

妈妈居然能记住这种无关紧要的细节，我很意外。

"就是它，一直在那儿焦躁不安地走来走去。"

"可能是吃剩的饲料有点多，弄得它有点烦躁。得给它洗一洗鸡窝。"

"看来梅雨天让大家都变得很神经质啊！"

妈妈笑了。

胃疼随着梅雨季节的持续而恶化，不管吃什么胃药都毫无作用。

只能一直忍耐到梅雨季节结束。只要夏天一到，我的身体就能从病痛中解脱。但是梅雨季节很长，那个气味又占据了我的身体。

我有时会去浴室。不是为了泡澡，只是去看看。只要去浴室，胃就会剧烈地疼痛。我知道自己会胃疼，还非得让自己去，只是为了确认浴室地面上没有爸爸的空壳。

最近爸爸只要有时间就会去打扫，浴室变得干净了。

"早上洒上清洁剂，然后傍晚再来刷，这样不费力气就能弄得很干净。"

爸爸说道。不管浴室有没有变干净，不管爸爸当不当爸爸，我的身体依然被病痛困扰着。

我不断地做奇怪的梦，于是醒了。我毫无睡意，就这样一直躺到了天亮，身体比平时更加沉重。

早餐是牛角面包，黄油浓郁的气味让我觉得很恶心。平时我最喜欢的就是牛角面包了，但今天我一口也没吃。

"早餐还是得多少吃点。"

爸爸露出了担心的表情。

"我知道。"

我正准备尝一尝小直给我削的瓜，但我的胃还是表示拒绝。只要把食物放到嘴边，我就想吐。

"不吃早餐的小孩也挺多的，不想吃就别勉强自己。没事。"

爸爸很配合我，没有再坚持让我吃东西。

结果我什么都没吃，什么都没喝，明明胃里是空的，却想吐。我正准备出门，克里斯蒂娜站在门口。昨晚雨下得很大，对克里斯蒂娜过度保护的小直把它弄进了家里。不知道克里斯蒂娜是想让我陪它玩还是怎么的，它用嘴啄我的袜子。看见它伸长脖子动来动去的样子，我一下子特别烦躁，一脚踹开了它。

克里斯蒂娜踉踉跄跄的，还发出了奇怪的声音。听见声音，小直赶了过来。小直看见克里斯蒂娜痛苦的表情，一把抓起手边的垃圾桶朝我扔过来。

"你干什么！"

一大早就被人扔垃圾桶，我一下子火了，大声叫道。

"谁叫你欺负克里斯蒂娜！"

小直一边说着，一边抱起了克里斯蒂娜。我根本就没有使多大劲踹它。虽然垃圾桶是塑料做的，打在身上并不疼，但这都是什么事啊，我一下子委屈得哭了出来。

"我要跟你绝交！我再也不跟你说话了！"

说完我就走出了家门。

这是我第一次和小直吵架。不知道是因为我们差了六岁，还是因为小直稳重又聪明，迄今为止我们之间连争论都没有过，我也从来没见小直生气过。想到这里，我觉得更难过了。

明天就是坂户君转校的日子了，今天给他举行了道别会。我让坂户君告诉我他的新住址，他却跟我说这是秘密。

"要是每次你都把营养午餐的鲭鱼给我送过来可就不好办了。"

"真是的，谁会那么干啊……"

我纠结了半天，最后和大家一样，只在同学录上写了一句："转校以后也要加油哦！"

坂户君最后的道别言简意赅。我猜他大概已经做过很多次这样的道别了，已经说烂了的道别致辞没有任何打动人心的东西，让我不禁觉得有些悲哀。

回到家，我听见小直在弹吉他，但是我没有理他，径直回了自己的房间。

"你回来啦？"

弹完一曲之后，小直果然还是跑到我的房间来了。小直用比刚才更大的声音又说了一次"你回来啦"，但正如我的绝交宣言所说，我保持了沉默。

"哦，对，我们已经绝交了。"

小直明明知道是怎么回事还故意说出来，我装作不知道。

"我说啊，绝交是要到什么时候？"

我歪了歪头，没作声。

"你该不会打算等到过个五年什么的，你都结婚了，还不跟我说话吧？"

我继续无视他。

"那你跟我说个期限。知道你不会理我，我还跟你说话，也怪麻烦的。"

"一周。"

我没办法，只好开了口。

"太久了吧？"

"那三天。"

"搞不好你哥我明天就死了呢？用垃圾桶扔你是我不对。但是看见自己珍视的东西被弄伤了，谁都会生气的，不是吗？克里斯蒂娜虽然是只鸡，但也是我们重要的粮食储备，我自然对它是有感情的。"

我冷漠地听着小直的辩解。

"假如佐和子像克里斯蒂娜那样被人踢了，不管对方是安东尼奥·猪木还是小公主莎拉，我二话不说就会收拾他们。"

"怎么会扯到安东尼奥·猪木和小公主莎拉？"

小直莫名其妙的发言让我忍不住反问他。

"我是想说，如果是为了佐和子，即便对方是安东尼奥·猪木那样强壮的人，我也会勇敢地战斗；即便是莎拉那样柔弱可爱的对手，我也会将其一脚踢飞，毫不留情。"

小直说道。

"那就两天。"

"你是认真的？"

"一天？"

"最后问你一次。"

"那就一小时。"

"好吧，挺合理的。我弹一小时吉他再过来。"

小直总算买账了，于是离开了我的房间。

到了坂户君转学的日子。离开学校之后，我没有回家，而是在公园一直待到了天黑，接着去了坂户君的家。

七点左右出发，坂户君是这么告诉我的。我知道我再也不会见到坂户君了，和平时一样像个没事人一样回家，我觉得挺不正常的。我本想告诉爸爸，但又觉得麻烦，就算了。反正都不是我的爸爸了，我也不需要征求他的同意了。

我到了坂户君住的公寓前，刚好他们在往外搬行李。坂户君和他妈妈，还有一个看样子应该是搬家公司的人，三个人在做各种准备。这么看来，天黑之后再搬家其实挺不合理的。为什么不白天搬家呢？我一边思考着，一边站在货车前等待坂户君。

"中原，你怎么来了？"

正要把纸箱往货车上搬的坂户君看见我站在那儿，很是惊讶地问道。

"来就来了呗！"

"都这么晚了。"

坂户君把行李往货车上一放。屋外的灯照在坂户君的脸上，还没到夏天，他的脸就已经被晒得黝黑，看着像个小孩子。

正在搬行李的坂户君的妈妈看见了，向我点点头打了个招呼。我穿着校服就跑过来了，原本还担心要是被问起来该怎么办。结果他妈妈对我并不在意，放下行李便又回到了屋里。

"要出发了吗？"

我盯着货车上的行李问道。冰箱、洗衣机这一类的大件行李已经被装上车了。

"嗯，差不多了。"

"你真的要转学吗？"

"现在你问这个？你自己看看。"

坂户君指着堆满了行李的货车笑了。和母亲两个人生活的坂户君，行李却很少。我绕着货车看了一圈，是老旧的轻型货车，很难相信这么破烂的车能跑长途。

"坂户君，你也坐这辆车去吗？"

"是啊！刚好不是吗？"

一想到是这样一辆货车把坂户君拉到冈山去的，我就觉得很难过。

"真不想让你走。"

听到我这么说，坂户君笑着说："不走也不行啊！小孩哪能自己说什么就是什么，连自己住的地方都决定不了。"

"那你会给我写信吗？"

"恐怕不行。我这么笨的人，写不了文章，你的事情说不定也就忘了。"

"这个也不行，那个也不行。"

看见我沮丧的样子，坂户君露出了温柔的表情，站在我身旁。

"你真是个靠谱的朋友。多亏了你，我这四个月过得挺有意思的。"

坂户君说的每一句都是过去时，听了让人怪寂寞的。对坂户君来说，我不过是一个小插曲。

"这样吧，我告诉你一件事。"

"什么事？"

"我啊，其实最讨厌鲭鱼了。以前我奶奶吃了鲭鱼寿司脸肿了。听说是鲭鱼里面的寄生虫害的，一肿就肿了三天。在那之后，我就再也不吃鲭鱼了，一吃就恶心。"

听了坂户君的话，我很吃惊。我一直以为他最喜欢吃鲭鱼了。

"可你不是总帮我把我那份吃掉吗？"

"我很厉害吧？我想说啊，其实在中原你不知道的时候也有人守护你。"

坂户君说着，握住了我的手。被他握住手的一瞬间，我突然很难过，快要哭出来了。我不想和坂户君分开，我想快点回家。

我一路小跑回家，爸爸正惊慌失措地站在家门口的大路上。迄今为止，我从来没有在放学回家的路上跑去别的地方，爸爸一定担心坏了。爸爸看见我，脸上的表情一下放松下来，朝我这里跑了过来。

"不知道是不是因为不当爸爸了，我不太清楚佐和子的活动范围。"

爸爸似乎为了找我，把附近跑了个遍，喘着气说道。

"对不起。"

"唉，没事。我想你也遇到了很多事，你有你的想法，都是没办法的事情。"

爸爸和平时一样，很包容我。

"是因为你不当爸爸了？"

"这倒也不是。"

"爸爸你真的再也不当爸爸了吗？"

听到我的话，爸爸似乎很震惊，说："给你添麻烦了？"

"这倒也没有。"

爸爸不当爸爸了，也没有什么不方便的。

"但是我觉得爸爸没有必要当个复读生。在我看来，爸爸的学习方法有问题，每天晚上把自己逼得那么痛苦。我觉得现在的爸爸，明明不需要学习这种东西。如果是为了自己的小孩才那样学习，我觉得爸爸就没办法不当爸爸。"

爸爸总是在拼命地学习，他那被知识逼得走投无路的样子，看了让人心疼，而爸爸那么拼命学习一定是为了我。

"我也不是为了自己的孩子才学习的。佐和子是我的救命恩人，所以，我总想做点什么。"

爸爸微微低下头，街灯照出了爸爸的影子。

五年前，我为了救爸爸叫了救护车，爸爸因此得救了，但是爸爸从此变得有点逞强。爸爸自杀未遂也不是什么大不了的事情。但是，这件事一直在隐隐地刺痛这个家。妈妈离家出走，爸爸不当爸爸了。而为了我，一些事情正在发生。

"但我需要的不是一种新的神药，也不是无农药蔬菜。"

我说道。

"那是什么？"

"要不我们买点樱花饼回去吧，去妈妈的店里买。这次，我们买上他三十个。"

"现在这个季节应该没的卖吧？"

"那御手洗团子也行。"

我拉着爸爸的手。

我们赶在妈妈的店打烊之前，以折扣价阔气地买了许多御手洗团子、三色团子什么的。此行收获颇丰，我们带着和果子回到家，听见小直在弹吉他。

　　无聊得要死
　　一个人待在房里

无聊没有尽头

"我知道这首歌。"

爸爸很高兴地说道。

"你听过？"

我只听见小直一如既往难听的吉他声。

"听过。佐和子小的时候，我总是和妈妈一起哼这首歌。"

"欸，还有这事啊？"

我很惊讶，小直说的话竟然是真的。

"御手洗团子冷掉了就不好吃了，我们赶紧吃吧！"

"那我去叫小直。"

我正准备去二楼，爸爸叫住了我。

"没事，随他吧！"

"嗯，也是。"

没有必要每次所有人都必须出现在餐桌上。爸爸和我两个人一边吃着御手洗团子，一边听着好像在哪里听过、被小直弹得乱七八糟的歌。

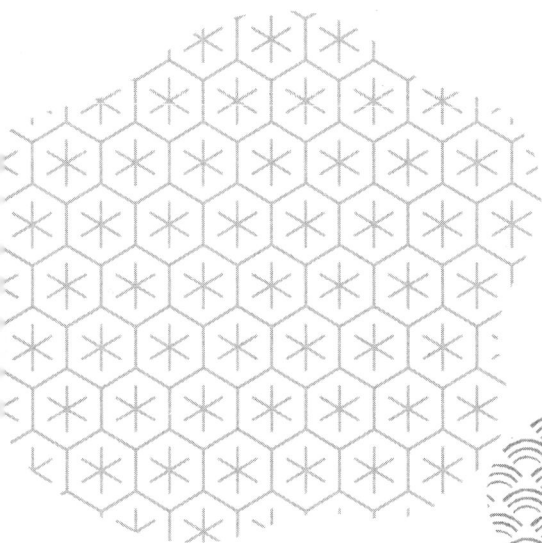

《圣经》

1

Goodbye my love.（再见，我的爱。）

Goodbye my sweet day.（再见，我的甜蜜时光。）

Goodbye my happy days...（再见，我的快乐日子……）

最近这三天，小直不消停地唱着，唱得我快要崩溃了。我不知道这是他的原创歌曲还是本来就有这样的歌，但一听就是复古情歌了。郁闷的歌，配上乱七八糟的吉他弹奏，用五音不全的嗓子唱出来，快把听的人先送走了。

"这是又和女朋友分手了吗？"

我一边摆放餐具，一边说道。

爸爸并不是那么在意，随口说道：

"看样子是呢！"

这也不是什么新鲜事了。

可能是因为小直是我哥，所以我比较偏袒他，觉得他的五官长得挺端正的，个子也够高，运动神经和头脑都很好。要说缺点的话，大概就是毫无乐感这一点吧。他人也很温柔，可他动不动就失恋。女朋友倒是交上了，但都不会超过三个月。没交往多久，对方就会提出分手，每次都这样。为什么他老是失恋呢？他每次都被女生二话不说就甩掉，我甚至怀疑他有什么我这个作为妹妹的不知道的奇特性癖。

"你又被甩了吗？"

我对小直说道。为了吃晚餐，小直总算从二楼下来了。

"好像是。"

小直耸耸肩，坐在了自己的座位上。最近基本上都是小直做晚餐，不过我猜他今天正消沉着，就和爸爸两个人做了特制沙拉。里面有土豆、洋葱和卷心菜什么的，把春天的蔬菜切成丝，在上面放上蛋黄和煎得脆脆的培根，光是这些就能让人吃得饱饱的。小直一失恋就会吃大量的蔬菜。听说人生了病或者遇到了挫折，身体就会很需要维生素。

"这都多少次了，究竟是哪里不行呢……"

我叹了口气。小直也带女朋友来过家里几次，每次看上去都进展得很顺利的样子。小直也很乐在其中，不管哪个女朋友看起来都一脸幸福。

"我也不知道，要是明白就不用这么辛苦了。"

小直说得好像事不关己。

"你真的不知道吗？对方是怎么提出分手的？是喜欢别的人了，还是对小直没感觉了？"

"不知道啊……搞不懂。"

"你说你搞不懂……你快认真地想想。是什么时候，女朋友是什么时候下决心要分手的？是看到小直的什么样子、在做什么的时候？讨厌小直的哪一点？"

我继续追问，爸爸却马上说："算了算了。"小直唉声叹气地说他真的不知道。

"真是不可思议！"

小直每次失恋都让我纳闷儿。不管是学习还是运动，小直毫无疑问都是拔尖的，照理说他不管做什么应该都不成问题，可唯独恋爱屡屡受挫。

"算了，一直闷闷不乐也没用。"

小直振奋地说道，接着便大口大口地吃起了沙拉。

小直不管经历了怎样的失恋，只需三天，就会像没事人一样振作起来，食欲也丝毫不会减退。不过，他会唱奇怪的歌，说话内容会比平时少两成左右，除此以外没有什么不一样。也可能就是因为这个样子，他才会重蹈覆辙。

"我真羡慕佐和子。"

嘴里塞满蔬菜的小直说道。

"为什么？"

"能这么天真烂漫地成长着。要是我也能像佐和子一样胸襟豁达，就不用这么辛苦了啊！"

"你说这话是什么意思！原封不动再乘以二十奉还给你！"

我立刻表示抗议。真是的！小直每天心情都很好，比我过得开心得多。明明是从升学率高的学校毕业的，却不上大学，而是以农业为生，小直需要担心的大概只有天气，至于其他事情，他都很随意。妈妈离家出走的时候也是，爸爸说不当爸爸的时候也是，小直一脸淡定。而我跟小直不同，我认真、老实，又很神经质。不仅仅是天气、学习上的事情、朋友的事情，社团活动报的网球也没有丝毫进步，我的烦恼没有停止过。

还有自杀未遂的爸爸的事情，以及因为过度在意这件事而离家出走的妈妈的事情。爸爸自杀未遂后再也不能像从前一样生活的这种家事，我比起这个家的长男小直更深刻地在思考。

"也没什么。年轻的时候和各种各样的女孩子交往试试挺好的。"

爸爸做出了这番不负责任的发言之后，把饭三两口吃完了，开始收拾东西准备出门。

"嗯？爸爸你去哪儿？"

"预备学校。"

"预备学校是从现在开始的吗？"

现在已经过了七点三十分。

"周五晚上在自习室学习的学生很多，所以我去帮忙。"

"哦。"

我和小直偷偷笑了。结果爸爸依然是"老师"。

爸爸去年四月辞掉了从事多年的初中教师工作，决定去上大学。尽管拼了老命地学习，他还是落榜了，今年继续当复读生。可是一直当复读生的话没有收入，所以爸爸最近开始在预备学校打工。

"从爸爸变成复读生，又从复读生变成自由职业者，爸爸简直像条鲥鱼。"

　　定下打工地点的时候，爸爸很高兴地说道。从教育大学毕业成为教师，早早地结婚成为父亲，对这样的爸爸而言，其他的身份也许是一种新鲜的体验。

　　"但结果工作还是和教育相关，那不如重新当老师。"

　　听我这么说了之后，爸爸说：

　　"我也没有专门在找教育相关的工作，只不过年龄限制挺严格的，过了四十岁还能从事的兼职几乎没有。再仔细一想，除了教师资格证和驾照，爸爸也没有其他的资质。"

　　难得打一次工，本来想体验服务员、程序员这类帅气的职业——爸爸虽然是这么抱怨的，但是实际工作起来，好像预备学校就挺好，是个挺欢乐的地方。这个很明显，因为爸爸每天都满脸开心地出门去打工。和初中生不同，预备学校的学生都是为了认真学习而来的，上起课来特别容易，爸爸很是感动。

　　爸爸考试落榜没有让我沮丧，三个月就来一次的小直的失恋也没有影响到我，平安无事地升入初中三年级的我，决定开始上补习班。我所在的初中学生数量很少，一个年级只有一个班，所以聚集了不同学校的学生的补习班就特别有吸引力。

　　骑自行车去补习班要三十分钟。七点钟之前，我简单地吃过晚餐，就往补习班赶。爸爸和小直都在家里，也可以让他们开车送我，但我觉得去补习班这件事已经算是撒过一次娇了，不能再给他们添麻烦。而且我喜欢骑自行车，我赛跑很一般，但骑自行车的话就可以骑很快。我能赢过小直的大概只有骑自行车这一件事。

补习班第一天是模拟考试，听说会根据考试成绩分成三个班。来上课的学生中有好几个是跟我同一所学校的，在社团比赛时碰见过的其他学校的学生也在，不过绝大多数是没见过的面孔，我一下子就心跳加速了。在我的日常生活中，很少有机会见到五十个以上的同年级的人，光是这个人数就快让我晕倒了。

在大教室里，我蹑手蹑脚地找着座位，这时候听见有人跟我说话。

"你是中原的妹妹吧？"

我一回头，身后站着一个穿短袖的男孩子，现在明明才四月，天气还凉飕飕的。这是一张我没见过的面孔。我看了看他手里的包，原来是石桥中学的学生。石桥中学是这一带学生数量最多的学校。

"啊？"

"你是叫中原吧？"

我的确叫中原，也是中原的妹妹，可是这个人到底在说些什么？

"我是在问你，你是不是以前西高的中原直的妹妹。"

不知道是不是觉得我没听懂，眼前的这个男生重复了一次刚才的话。剃得很短的寸头、锐利的目光，以及在我们那所没有竞争的学校里从来没见过的表情。

"是又怎么了？"

"我要跟你一决胜负！"

"一决胜负？"

"我在说模拟考试。我一定会考得比你好。"

短袖男生擅自发出了宣言后，便麻溜地坐回了座位。

不管上小学、初中还是高中，小直头脑聪明这一点，在以前就广为人知。别人说他是天才，这个话听得我耳朵都生茧了，以至于别的学校的学生都知道这件事，我猜短袖男生也是从哪里听说的吧。可我又不是小直，学习和运动都是中等水平。我没有和小直在同一时期上过学，所以我很庆幸几乎没有被拿来和小直对比，但还是偶尔会有人这么做，也时常会有人以为我跟哥哥一样优秀。当得知我是一个普通小孩时，老师们露出失望的神情，我明明什么都没有做，却好像很对不起他们似的。

但是被人当作竞争对手，甚至被人发出挑战声明还是第一次。我想说很遗憾啊，我不是什么值得别人跳出来宣战的对手。我深深地叹了一口气，开始考试。

上补习班的第二天，模拟考试的成绩出来了。

"你第几名？"之前的那个短袖男生立刻跑到我旁边来，"我第二十五名。你多少名？"

"啊？"

"我都说了，我第二十五名。你快说你第几。"

第二十五名？我一下子觉得是自己瞎紧张了。听说我是小直的妹妹就跑来向我挑战，我还以为他成绩比我好了不知道多少，结果跟我没差多少。换了小直的话，这种模拟考试，随随便便就能考第一。

"我第二十七名。恭喜你啊，差距不大也是赢了嘛！"

听到我的回答，短袖男生愣了一下。

"你倒是一点也不在意啊！"

"在意什么？"

"我这人不是挺惹人厌的吗？你还鼓励我，说什么我赢了之类的。"

虽然短袖男生自己是这么认为的，可我并没有觉得他是个讨厌的人，而且我也没有鼓励他。

"我没觉得你讨厌。"

"真的？那还真是谢谢你。你这人挺大度的。果然聪明的人从骨子里就不一样。"

"我没有特别聪明，也没有特别大度。但是我希望你不要再用那么大的声音'你啊你'地叫我。"

补习班刚开始，大家比较拘谨，还处于试探性地接触彼此的阶段，因此我们俩就显得尤为惹眼。

"也对，抱歉。这么称呼你是挺失礼的，但我不是不知道你的名字嘛……"

他明明因为我是中原的妹妹才跑来接近我的，居然说不知道我的名字。

"中原佐和子。"

"那个……我叫大浦，石桥中学的。"

"哦。名字呢？你叫大浦什么？"

"名字就算了。"

"为什么要算了？"

"这种小事别在意。"

"我没有特别在意。不就是名字吗？你告诉我呗！"

"这个有点说不出口。"

大浦君不打算告诉我他的名字，可我俩都在 B 班，没过多久我就知道他的名字了。教室里贴的人名表上写得清清楚楚的——大浦勉学。看样子是他爸妈希望他成为一个聪明的孩子，所以给起的这个名。

"我爸妈头脑都不聪明，所以对儿子的期望特别高。但不管怎样，这个名字也太直白了。"

大浦君有点不好意思地说道。

"没事，名字什么的，听一听就习惯了。"

我咯咯咯地笑着说道。

名字过于直白的大浦君说"那就好"，他还向我表示感谢。

2

　　小直带了新的女友回家。距离上次失恋才短短两周，他这次的行动比以往来得都要快。

　　这位声音洪亮的新恋人，着实让我有点害怕。

　　小直带来的女人，迄今为止都还挺优秀的。举手投足可爱的，优雅且散发着成年人的魅力的，爽朗而让人有好感的，很会聊天、待在一起很让人愉快的……总之一定有什么在我这个妹妹看来很不错的地方。但这次的简直不能再糟糕了。

　　小直的新恋人，从头到脚都很没有品位，打扮得花里胡哨的。首先，妆化得特别浓。眼睛、嘴、脸颊的色彩上得特别重，面部称得上刺眼。上面穿的是胸口敞得很开的衬衫，下面穿的是弯个腰就能看见底裤的超短裙。其穿着暴露的程度，让看的人忍不住想要给她找块布遮一下，连同为女性的我都不知道眼睛该往哪儿看。然而最让我头痛的还是她的香水，味道甜得发腻。我们家可是连香波和香皂都是无香料的。不习惯这种人工香气的我，感觉随时都能晕倒。

"我是小林芳子。"

香水女毫不在意已经被吓傻了的我，自报起家门来。没人让她坐，她就自己找椅子一屁股坐下了。动作也很大，弄出各种响声。这人只有名字不起眼，别的没一样让人省心。我在心里默默地吐槽，但还是做了自我介绍："我是他妹妹，佐和子。"

"啊，对了，这是伴手礼，芳子带过来的。"

小直把一个笨重的纸袋放在了桌子上，看样子不是奶油泡芙，也不是和果子。光是这个袋子的重量就让我有种不祥的预感了，然而实物远远超乎我的想象。

袋子里面居然是色拉油的礼盒。红花油、玉米油、卡诺拉油各两瓶，一共六瓶。这百分之百是别人送给她的，绝对是年终或者中元节的礼品。究竟什么人去其他人家里玩的时候，会带上食用油礼盒这么重的东西？对方是开天妇罗店的也就算了，她到底觉得对方家里是做什么的才会选择拿食用油当伴手礼？而且是去男朋友家里的时候！这么显而易见的事实就连我这个初中生也看得出来，爸爸居然很不好意思地说："送这么多东西给我们，真是不好意思啊！"小直还高兴地说："还是这种实用的东西好。"

香水女泰然自若地说：

"我也想的是能用的东西最好。如果买点心的话，每个人喜好又不同。"

她也真是会说。

完全被她轻视了，她也太看不起人了。看到一脸高兴的小直，我悲从中来。

"差不多该吃晚餐了。"

不知道爸爸是不是很中意这个香水女，他心情很好地说道。

早知道是这样，就不该做什么炖牛肉。今天一大早，我就和小直两个人炖起了肉。和平时不同，里面除了小直从工作的地方带回来的被虫啃过的蔬菜，还特意放了迷你洋葱、抱子甘蓝这类可爱的蔬菜。香水女不可能察觉到我们的用心，沮丧的我垂下了肩膀。

"哇，看起来好好吃哦！"

香水女看见炖肉，发出了感叹。小直说："多吃点。"他和爸爸都笑得特开心。正如我所料，香水女根本没有多看炖肉里面的蔬菜一眼，米饭和炖肉却都新添了一份，全部吃得干干净净的。

在别人家，尤其是第一次造访的男朋友家，能吃这么多，也可以说是一种才能了。要说她有什么优点的话，也就这一点了——吃饭很香。我是真心这么觉得的。

"你不喜欢她？"

小直送走小林芳子回到家里，跑来观察我的情况。

"没有啊，挺好的。"

"骗人，你态度可差了。"

"不是和平时一样吗？"

"算了，不说了。"

"只是我觉得很不可思议。小直你喜欢她哪一点？"

"这个嘛……我觉得她的长相、身材和性格都还可以。"

的确，小林芳子的长相和身材都不差，但仅此而已，没有其他能看的地方了。

"也太随便了。"

"哪里随便？"

"你还好意思问我？你们是怎么开始交往的？"

"就是她跑来跟我说她喜欢我。"

"哦。"

我感觉我好像知道为什么小直总是被甩了。

第二天，我带上收到的食用油，准备给妈妈送几瓶去。虽然小直说能派上用场，但是六瓶油得一年多才用得完。然而，这些是转赠的礼品，所以保质期并不长。

"怎么突然给我拿这么多油过来？"

我拿出三瓶油递过去，妈妈很吃惊。

"小直的女朋友作为伴手礼带来的。"

"伴手礼是这个？"

"没错。六瓶食用油的礼盒。"

妈妈笑着说，那他这个女朋友可真是个有创意的人。

"妈妈你怎么看？"

"你问我怎么看？"

"那种人真的不行，真是个很讨厌的女人。"

"这样啊……"

"你一点都不关心吗？"

我气鼓鼓的，一边吃着妈妈做的香葱大阪烧，一边抱怨道。每次我来的时候，妈妈一定会给我做点什么吃。分开生活以后，妈妈变得特别有服务精神。之前都是煎饼、布丁什么的，我开始升学备考之后，妈妈老是给我吃葱。虽然听说葱对头脑有帮助，但是我差不多要吃腻了。

"反正不也还年轻吗？不喜欢了就分手，也没什么大不了的。"

"什么嘛！就不能说点应该认真对待感情之类的话吗？当妈妈的就要对儿子的女朋友更挑剔一些。"

"是吗？"

"是啊！当妈妈的都喜欢儿子喜欢得不得了。儿子有女朋友了，当妈的都会觉得自己的儿子要被抢了。"

见我这么认真，妈妈笑话我，说我是综艺节目看多了。

"我对小直的感情问题没什么兴趣。小直还没到那个阶段，所以我也没什么实感。"

"还没到那个阶段？小直已经是大人了啊，都二十多岁了！"

"我也认为他是个大人了，但是我想他还没有到谈恋爱的时候。"

"什么意思？我听不懂。"

"小直啊，要再过几年才会知道什么叫喜欢吧！"

小直都已经不知道谈多少场恋爱了。

"这不是什么多了不起的事情，这些都不比佐和子对大浦君的感情来得深。"

　　妈妈狡猾地笑了。我没有喜欢上大浦君，也从来没有说过我喜欢他。我只是跟妈妈说过，补习班上有个奇怪的家伙，特别吵。

　　我刚想要否认，但我知道妈妈不会听我辩解，就算了。我一言不发地把香葱大阪烧吃完了。

3

补习班快要结束的时候，门口会停放很多来接小孩的车。放学的时候都快十点了，所以家长比较担心小孩在路上的安全。当然，也有几个人跟我一样是骑自行车的，但是需要骑三十分钟回家的大概只有我一个人。

"我们顺路送你回去。"

大浦君家里好像很有钱，每次都是妈妈开着奔驰来接的。

"不用。我们两家不是一个方向。"

"你骑那辆自行车回宫村得多辛苦啊！"

"没事，我挺会骑自行车的。"

"可中原你又没有体力。"

"这是什么话？大浦君你怎么知道我没有体力？"

　　大浦君和我每周在这个补习班见三次面。补习班的科目是英语、数学和语文。当然是没有体育课的。我的体力状况，大浦君是没有机会了解的。

　　"不是吗？你个子那么小。"

　　"个子小？"

　　"你不才一米四多一点点？"

　　看来在他的认知里，块头大小和体力是成正比的。虽然好像也有那么点道理，但是他如此单纯的思考方式让我很是吃惊。

　　"平时的我的确只有一米四三，但是骑自行车的时候，我的个子会长到一米八，所以没有问题。"

　　我随便嚷嚷了几声，但是大浦君完全没有笑，而是露出奇妙的表情，问我："中原你家里是不是挺可怜的？"

　　"啊？"

　　"你看你，明明住那么远，还老是骑自行车。"

　　非常遗憾，我不是可怜家庭的孩子。爸爸以前是教师，我还有个优秀的哥哥，在旁人看来，我应该是一个幸福的孩子。

　　"大浦君你的大脑过于贫瘠，竟然有坐车就是好的，骑自行车就很可怜这种想法。你再不努力学习，以后怎么办？"

　　我抛下大浦君，骑上我心爱的自行车扬长而去。

真是的，居然说骑自行车很可怜这种傻话！没有顶部和四周的遮挡，骑自行车驰骋的时候，可以钻进周围的景色里。比起坐车，肯定是骑自行车更舒服。从市区街道往乡间骑，人会变得越来越少，但也正因这一点，星星和月亮都清晰可见，所以完全没有问题。春天的夜晚，黑得很温柔，守护着骑自行车的我。

到了下一个补习班的日子。大浦君居然是骑自行车来的！不过也很符合有钱人的做派，骑的是电动自行车。

"你怎么骑车来的？"

"我让我妈给我买的。"

"专门买辆自行车？"

"为了不让你笑话我大脑贫瘠，我之后天天都骑自行车。"

大浦君得意地说道。

"大浦君你真是个怪孩子。"

学习成绩不行的孩子，体育运动不行的孩子，学校里有很多。但是像大浦君这么单纯的初中生，真的很罕见。我忽然觉得，这个人可能真的是个笨蛋。

然而悲惨的事情发生了，大浦君的电动自行车在回家的时候没电了，变成了一辆笨重的自行车。

"你不要勉强自己了，赶紧打电话给你妈妈，让她来接你吧！"

看着与失去动力的电动自行车陷入苦战的大浦君，我诚恳地给他提了建议。

"要是我那么做的话，中原你会怎么想？"

"我不会有什么想法啊！"

"你觉得推着电动自行车回去的我，跟让人来接的我，哪个更帅？"

连这种事情都要问，哪里帅得起来？虽然我内心是这么想的，但是我非常心胸宽广地告诉他：

"推着电动自行车回去的话，我觉得很有男子气概；随机应变让人来接的话，我觉得很聪明。"

"你这样回答可不行，这下我不知道怎么选了。"

大浦君纠结了一会儿，最后决定推着电动自行车回家。之后在补习班想要展现自己聪慧一面的机会有的是，而且以后他会变得越来越聪明，可是展现自己男子气概的机会很难得——听说这是他选择的理由。非常遗憾，推着电动自行车回家的大浦君的背影一点男子气概都没有。

4

熏风送香的五月，好天气如约而至，绿色越发浓郁。一个晴朗舒适的周日，我要陪爸爸去一个地方，据说叫作"诚心会"。

"听说是个有趣的地方，妈妈也去过一次。"

"这个名字很可疑。"

我虽然嘴里这么说，但还是做好了出发的准备。以前我就最喜欢出门，不管是妈妈去超市买忘买的东西，小直去邮局寄信，还是爸爸去看牙医，我都会跟着去。

车开了差不多三十分钟，目的地是一座普通的大房子，从外面完全看不出来里面是做什么的。

"到了？"

"应该是这里。"

爸爸看了看他听妈妈的描述画出来的地图。

两个人有点紧张地走了进去，一个漂亮的女人很有礼貌地走上前来跟我们打招呼。

"你好，是我妻子推荐我来的。"

听爸爸这么一说，女人很高兴。

"这样啊，那真是太令人高兴了！我们欢迎所有人的到来，大家都能够在这里获得幸福。请进！请在这里度过一段惬意的时光。"

女人说罢，我们连困惑的时间都没有，听完她进一步复杂的说明之后，胸口就被贴上了一枚徽章，被赶到了一个客厅一样的大房间。里面有将近二十个人，中间有一个男人在大声地说话。

他母亲得了癌症。医生说她已经没救了，他们四处跑医院，试过了各种民间疗法也没用。就在这时，他得知了诚心会，开始参加。来了几次以后，他首先在为了照顾病人而疲惫不堪的自己身上看到了效果，变得开朗了，能够用积极的态度面对母亲了。母亲的病情也眼看着一天天地好转了，如今彻底击败了癌症。

男人时而泪眼婆娑，时而声音激昂地讲述着。故事讲完，掌声四起。我和爸爸也随大溜拍了拍手。

"真是一段非常有意义的分享。只要变得积极向上，人就能得到救赎。"

一个戴着银丝眼镜、穿着深色西装的男人走出来说道。虽然眼镜和西装让人觉得他很沉稳，但他不过三十出头，还很年轻。

"那么接下来的时间，就来听听各位的烦恼和问题吧！"

话音刚落，周围的人便齐刷刷地举起了手。第一个被点名的是一个二十多岁的女人。

她最近接连遇到烦心事，比如在满员的电车上遇到色狼；在公司踢到复印机，腿上青一块紫一块的。她不知道自己为何总会遭遇这样的试炼。

女人一脸认真严肃地发问。

"那是因为你的心没有积极朝前看。乘坐电车通勤的时候，你心里面是不是觉得电车里全是人特别烦？在公司复印文件的时候，你心里面是不是觉得这份工作真麻烦？你如果能因为在满员电车里可以与很多人相遇而感到喜悦，觉得复印这份工作也是很重要的，就不会遇到这样的事情了。不管遇到什么事情，都要怀着积极向上的心态和感激的心情去做。"

深色西装男说完，女人深深地低下了头。

其他人也说了各种古怪的烦恼，说完都得到了一番令人愉快的解答。一个阿姨说女儿在学校被欺负了，深色西装男给她的解答是，只要夫妇和睦，就一定能解决。一个男人说自己被裁员了，不知道该怎么办，深色西装男给他的解答是，只要心里怀着对家人强烈的爱，就能够找到工作。

之后是自由谈话的时间，两两一组进行交谈。我和一个叫作山田的很胖的男人被分到了一组。

"你为什么来这里？"

山田问道。

"嗯……因为我是考生。知道世间的各种事情，也许能对升学考试有帮助。"

山田听了我的回答笑了。太好了，他听懂我在开玩笑了。这下我松了一口气。

"山田先生你呢？"

"你觉得呢？"

"因为胖？"

我不客气地说了真话。

"你猜对了。"

接着山田补充了一句："从外表就能看出他人的烦恼是什么，很简单吧？"

"想瘦下来的话，去减肥不就好了吗？来这里还不如去健身房什么的。"

听了我的建议，山田苦笑了一下。

"普通体形的人能想到的方法我都试过了。"

"这样啊……那蔬菜呢？只吃蔬菜不吃别的呢？"

"我喜欢吃肉。我知道吃蔬菜对身体好，但是吃着没味道。"

"没这回事，真正的蔬菜是很好吃的。我哥在一个叫青叶之会的地方工作。他们那儿种的是无农药蔬菜，虽然样子很丑，但是水灵灵的，很甜，味道很足，超级好吃。"

我拼命地向刚认识的山田解说着。

"青叶之会我听说过。那不是个宗教团体吗？"

山田问道。

"宗教团体也好，别的也罢，你就当被骗了，吃一次看看。刚开始蘸着酱吃也可以，慢慢地什么调味品都不加也能吃了，对身体很好的。"

青叶之会不是宗教团体，但现在这并不重要，山田先生的瘦身比较重要。

"而且比起晚上，早上应该多吃点。这样一来，一定能瘦。刚开始虽然肚子会饿，但是渐渐地就会形成规律，晚上也不会肚子饿了。另外要多喝水，一天喝两升水。水可以激活我们的身体。"

明明自己没试过，我却说得有鼻子有眼、趾高气扬的。

"谢谢你，我试试。"

山田谦虚地接受了初次见面的初中生的建议。

"不客气。我相信山田先生你瘦下来一定很帅！"

这是我使出的撒手锏。

爸爸和刚才那位说女儿被欺负的阿姨聊得很投机。作为"教师"的爸爸跟那位阿姨讲了很多有关现在的初中生的现状、年轻人的心理等的事情，连结束的通知都没听见。

"聊得开心吗？"

付了三千日元离开了诚心会，爸爸问我。

"还行。这个算宗教吗？"

"好像没有崇拜什么，也没有出现神仙什么的，可能只不过是个大家用同一种方式思考和前进的团体。"

"嗯。"

"妈妈好像之前经常去这种地方。"

爸爸很小声地说道。

离家出走前不久，妈妈一得知有这样的团体，就立马去参加。心理咨询、宗教团体、算命占卜，各种各样。然而，为没能阻止爸爸自杀而自责的妈妈，不管去了哪里，不管听了多么感人的故事，都无法从悲伤的情绪里走出来。

　　"虽然看起来很可疑，但是这种地方其实还挺好玩的，什么
都能变成宗教和买卖。爸爸说不定也能干这个。"

　　听了我的话，爸爸笑了笑。看见爸爸笑了，我松了口气。

　　"小直也该来这儿试试。"

　　爸爸说道。

　　"为什么？小直不需要来吧！"

　　我脑海里一下子浮现出小直那副无忧无虑的表情。

　　小直并不知道烦恼为何物，他不需要被救赎。只要有好吃的
和一张舒服的床，小直就能活下去。

5

小直每天都给我和爸爸做夜宵。

"要是长胖了可怎么办？"

爸爸每天学习到很晚，所以倒也还好，而我最多复习到十一点多。去补习班的日子，我骑自行车运动了，所以也还好。可是晚餐吃得那么饱还吃夜宵，肯定会胖的。

"胖就对了。这就是我为了让你们胖到不想备考，专门想出来的作战方案。"

"真是个恶劣的哥哥。"

我皱着眉说道，但我并没有停下往嘴里搬运小直给我做的蛋包饭的手。说是蛋包饭，其实不过是晚餐剩下的炒蔬菜和米饭放在一起，加上鸡蛋之后又炒了一下。鸡蛋浸润的米饭松松软软的，很好吃。

因为家里有两个考生——爸爸和我，小直承担了几乎全部的家务。小直抱怨着感觉自己被排挤了，还说自己弹吉他的时间被压缩了，我们把家务都丢给他了。

"中考什么的，反正有暑假，到时候再学习不就好了吗？现在开始复习，等你学腻了，到了关键的时候就学不动了。"

"话是这么说的，但是我想去西高。"

"佐和子你还真是什么都学我。"

"我才没有学你。"

"就那种高中。"

小直咂了咂嘴。

西高是升学率很高的学校。虽然是公立高中，但是每天要上七小时的课，早上和放学后都要学习，学习任务繁重是出了名的。小直在西高的升学班名列前茅，虽然成绩好，但实际上学习一点也不认真。那种学习太无聊了，再也不想来第二次了，所以他一直保持着第一名。只要保持第一名，就没有人会逼着他学习。仅仅是因为这一点，小直说。初中生的我不太明白。我的成绩排在中游，数学有点问题。老师也说我可能上不了西高，但是我想挑战一下。我想在小直去过的西高，战胜学习。

爸爸辞掉了教师的工作，想要重新考大学。小直明明成绩很优秀，却不去上大学，转而从事起农业。我则想走一条正常的路，在正常的路上去打拼。

"我要不也考个什么试算了。"

小直咕哝道。

"考什么？"

"是啊，考什么好呢……糟糕了，到打电话的时间了！"

小直慌张地站起身。

非常不可思议的是，小直和小林芳子进展得很顺利。周六见面，周二、周四打电话——听说他俩是这么安排的。

在补习班，每个月会举行一次模拟考试，并且每次都会重新分班。

第二次模拟考试，我的成绩好得出奇。我不是聪明绝顶的人，但我很努力。家里面有一个前任教师兼现任预备学校讲师的父亲，所以学习环境还是有的。但我依然很震惊，居然考了个第三名。现在还是春季，大家都还没有特别认真地投入备考学习，不过大家也未免太不努力了吧！我都能考第三名的话，那大家的整体水平也太不行了吧！不知道为什么，取得这个名次让我高兴不起来。

大浦君知道考试结果后，马上来找我了。

"你考得怎么样？"

"啊……我考得还行。"

"果然大家学得很认真啊！我落到第三十二名了，不过还是在 B 班。"

他愉快地说道。

"这样啊……"

真是不出我所料，我默默地在心里鞭策大浦君，怎么不再努把力？

"你呢？"

"嗯？"

"成绩，排第几？"

"啊啊，我也差不多，第三十名的样子。"

不知道为什么自己会这么说，不由自主地就这么说出了口，而我马上就后悔了。

"是吗？大家都挺努力的啊！下次再加油吧！"

被大浦君鼓励了，我错失了收回前言的机会。

怎么办啊？我撒谎了啊！下一个补习班的日子，我就在 A 班教室里了，这不是瞬间就露馅儿了吗？大浦君一脸高兴地说着"这次咱俩还一个班"，而我没有勇气把真相告诉他。

我灰溜溜地回到了家里，小直马上就察觉到了，兴致盎然地凑了过来。

"怎么了怎么了？愁眉苦脸的。"

"没怎么。"

"还说没怎么，你这表情可怪了。"

"有吗？"

为什么我不能诚实地说出自己的排名呢？第三名又有什么不好的吗？我不能比大浦君成绩好吗？为什么我会对大浦君产生这么多顾虑？为什么我非要让自己这么苦恼呢？脑子里钻进了各种各样的想法，我已经彻底迷失，但唯独很确定——下次去补习班的时候，我的心情会很沉重。

我想如果告诉小直的话，我心里面大概会好受些。但小直现在恋爱进展顺利，眼下的人生没有任何考验，告诉他的话，我可能反而会更别扭。夜宵我也没吃，就直接钻进被窝里了。

要不就说是老师弄错了，所以被分进了 A 班？或者说我把第三名和第三十名看差了？我拼了命也只能想出些一眼就会被识破的借口。

然而还没来得及实践其中的任何一条，我就坐在 A 班里开始上课了。上课的时候，我光想着大浦君会怎么想，光在意这件事了，老师讲的内容我一句都没有听进去。上完课，我一走出教室，大浦君就站在那里。

"绝交！"

看见我的第一眼，大浦君扔下了这句话。

"等一下！"

我想留住他，可是没留住。大浦君走出补习班，一言不发地骑着电动自行车走了。充了电的电动自行车是很快的，没一会儿大浦君的背影就消失了。

"原来如此。常有的事情。"

妈妈笑了。

"这不是什么好笑的事情。"

"我觉得挺好的。会有这种奇怪的顾虑，会为这种顾虑而受伤，都是初中生才会做的事情。我觉得挺好。"

"哪里好了啊？他真的跟我绝交了啊！"

我都有点想哭了。连辩解、道歉的时间都没有，一瞬间就被绝交了。

"没想到佐和子也有这种时候啊，果然是妈妈的女儿啊！"

妈妈把刚做好的法国吐司放在我面前，当然法国吐司里面没有放葱。消沉的时候吃葱变聪明了，越想越多就不好了。这种时候就得吃甜食。从早上开始就浸泡在牛奶和鸡蛋液中的吐司，一放进嘴里，甜甜的味道立刻扩散开来。

"妈妈你也干过这种事？"

"是呀！其实妈妈我比你爸爸聪明多了。"

"骗人。"

"干吗那么难以置信地看着我？小直的聪明可是从妈妈这儿遗传过去的。以前妈妈可是连东京大学都考得上呢！"

"那为什么没去东大？"

妈妈去的是短期大学。

"因为那个时候啊，妈妈已经跟爸爸在交往了。"

"这跟不去东大有关系吗？"

"没有去上东大的必要了不是吗？除了跟爸爸在一起这件事，别的事情我都无所谓。还有就是和佐和子一样，我担心如果去了比爸爸的大学还好的学校，事情会变得很麻烦……不知道为什么就是会顾虑些奇奇怪怪的事情。不过我倒也没有后悔什么，去上东大这件事对妈妈来说，没有什么意义。一心一意爱你爸爸这件事才是排在第一位的。"

"没想到这么戏剧性。"

我在脑海里想象着年轻时代的爸爸和妈妈，不由得心跳加速。

"可是啊，顾虑了这么多，结果如你所见。我甚至都没有发觉过爸爸想自杀，最后落得个分居的下场。"

妈妈不带一丝难过地说道。

"我也不知道究竟哪一边才是好的，究竟怎么做才是正确的。"

"选择哪边都没关系。选择自己的学习也好，选择去顾虑大浦君的心情也好，结果不会差太多。"

"那究竟该怎么做呢？"

"大浦君这孩子，能够随口说出绝交这种话，应该很容易对付。"

"但愿如此。"

"没事的。最近不给你吃那么多葱了，你的脑袋瓜也会老实一点。"

妈妈说道。

"不过考第三名真的很厉害！不知道是不是因为葱吃太多了。"

妈妈又笑着说道。

　　妈妈说得很轻巧，但我和大浦君之间的隔阂不是那么容易就能消除的。下一个补习班的日子，再下一个补习班的日子，大浦君连视线都没有跟我对上过，他总是很快甩开我，骑上电动自行车走了。

　　我究竟要怎么做才能跟大浦君和好呢？绝交这种话在小学低年级才会说。那时候，每天都在绝交，然后第二天就和好了。到了高年级，吵架变得严肃了，一旦说出绝交这种话，好几天都不会接近对方。到了初中以后，大家都知道是怎么回事了，所以很少吵架或者绝交了。和小直绝交，一天就和好了，但那是因为我们是一家人。我不用每天和大浦君待在一起，不和好也没有什么不方便的，所以很难和好。现在的我完全不知道有什么跟他和好的方法。

　　越来越别扭，我已经束手无策了。这件小小的事情让我完全失去了活力，我自己都很吃惊。我没有食欲，做什么都不开心，学习也没有动力。我坐在课桌前做题，可是知识完全装不进脑袋。

　　妈妈说，比起小直的恋爱，我对大浦君的感情来得更深。这话说得一点也没错。比起小直被恋人甩掉所受到的伤，我受的伤要严重好几倍。

6

周日我去了车站前的蛋糕店。不知道是不是我垂头丧气得太明显了，爸爸给了我些零花钱，让我买自己喜欢的东西。虽然没有食欲，但我买了芝士蛋糕。回家的路上，我闻到了一股熟悉的味道，一种甜得刺鼻的……

我环顾了一下四周。车站前的环形路口有很多人，但我马上就发现了味道的来源。她比之前来家里的时候瘦了一些，头发也变短了，我差点没认出来。但这个味道绝对没错，是小林芳子。

她还是老样子，穿着很花哨。她站在环形路口的正中间用力地挥着手。她是来送人的吗？我顺着小林芳子的视线看过去，坐在一辆黑色跑车里的男人打开了窗户，回应了她。啊，果然！为什么我会这么觉得呢？

"晚上好！"

送走那个男人之后，小林芳子径直朝我走来，说她刚才就看见我了。

"你刚才在蛋糕店对吧？一个人在那儿愁眉苦脸的。我一下就看见你了。"

小林芳子说道。

"刚才那人是谁？"

我没有理会芳子说的话，直接问道。

"哦，你说村井君？"

"是你的恋人吗？"

"差不多。"

"差不多？那小直呢？"

"中原君也是恋人啊！"

"这不是很奇怪吗？"

"会吗？我觉得没什么关系吧。"

"很有关系。小直要是知道了会很难过的。"

"他不会因为这种事难过的。"

小林芳子没有丝毫愧疚地说道。

"怎么会不伤心呢？不管怎么说都太奇怪了。怎么能有两个恋人呢？"

"才不止两个人呢！"

听到我的抗议，小林芳子窃笑着说道。

"我说啊，你好像很喜欢你哥哥，但中原君是个非常不上道的家伙。"

"非常不上道？"

"没错。在一起不出一个月就会知道。"

"你这是什么意思？"

"意思是他这个人很随便。"

"很随便？"

拿色拉油当伴手礼、交往对象有好几个的人居然好意思说这种话。

"我们两个是一样的。我和中原君不过是表面上看不同罢了。我至少表现在明处，比中原君还强了那么点。"

小林芳子说罢，向我挥挥手，说她得走了，只留下我一个人和我内心的困惑。由于过于莫名其妙，我回家甚至翻字典查了"不上道"的意思，结论是小直才不是什么不上道的人，而我弄明白的只有这一点。

由于大浦君和我绝交了，完全没有学习的我，在六月的考试中，从第三名落到了第五十七名。

"这么短的时间里，成绩能这么上上下下的，也是一种才能啊！"

小直发自内心地感叹道。我自己也感到很无语，居然能因为绝交这件事成绩下降成这样。再不好好调整一下状态，继续这样下去，就上不了西高了。总之，我决定延长学习时间。

我跑进小直的房间，想要借参考书。和大浦君绝交以来，我大部分时间都把自己关在房间里，好久没来过小直的房间了。他还是老样子，把吉他小心翼翼地挂在那儿。再过不久，大概就要迎来小直唱郁闷歌曲的日子了。真可怜！我一边叹着气，一边来到小直的书桌附近。

我在找的数学参考书就在书架上放着。我正准备拿的时候，往下面一看，书桌的抽屉缝夹着一张照片。我很好奇是什么照片，便打开了抽屉。仔细一想，这是我第一次打开小直的书桌抽屉。小直总是一脸傻笑，又没有什么秘密，迄今为止，我从来没有产生过想要去搜查小直的私有物品的想法。

抽屉里面是一张他和小林芳子的合照。小直是平时那副表情，但令人意外的是，小林芳子的表情有几分寂寞。她明明有那么多男朋友！我把这张让我目不转睛的照片放回了抽屉里，正准备关上的时候，发现抽屉里还有一封信。

从信封看，像是很重要的物品，散发着某种异样的气息。抽屉里有各种各样的物品，唯独这个信封看起来格格不入。不过是一个很普通的白信封，却让人觉得不该这么放着。我下意识地伸手去拿信封，总觉得手掌的触感似曾相识，这个东西我很熟悉。

我没有产生一丝罪恶感，就打开了信封。里面是被小心翼翼地折好的便笺，看着像很久以前的东西，有些泛黄了。看样子被读过很多次，都有折痕了。明明我从来没有见过这封信，但我心里似乎知道答案了。就在马上要知道这封信到底写了什么的时候，我听见了小直的声音。

"你看了吗？"

"嗯？"

我慌张地回过头。

"内容你都看了吗？"

"还……没……抽屉里掉了张照片出来，我正要把照片塞回去……"

"嗯，准备塞回去，结果发现了一封可疑的信，没多想就顺手打开了。"

我辩解到一半，小直却帮我把话说完了。

"对不起。"

"没什么。这本来也是属于佐和子的东西。"

"我的东西？"

"对，属于我们大家的东西。"

小直从我手里拿过这封信。

"事情很突然，我想你们大概很震惊。抱歉，给你们添麻烦了，我已经别无选择了。各种各样的事情在一点一点地偏离原来的轨道，已经再也回不到原来的样子了。重要的东西我都放在桌子最上面的抽屉里了。剩下的事情就……"

小直平淡地念了出来。

"这个难道是……你不是把它扔了吗？"

"嗯，结果又没扔。"

"为什么？"

爸爸自杀未遂的时候，小直是我们家唯一读过遗书的人。我拼命地去叫救护车的时候，小直一个人找出了遗书。结果小直说："自杀不是没成功吗？那遗书也就失效了。"我记得他应该把它扔了才对。

"其实在爸爸自杀的时候，我心里面想着，啊啊，这一天终于来了，果然还是来了！但是我很害怕，不是因为爸爸死了这件事，而是我意识到自己也会变成这样。像爸爸那样去死，对我来说只是迟早的问题。啊，我很快也会像他那样迎接死亡了。"

小直把这种不寻常的事情，用平时那种什么都无所谓的语气说了出来。

"为什么？为什么小直一定会死？"

"就差不多在爸爸自杀的那个时期，我自己身上也出现了扭曲的迹象。从孩童时期开始，我一切表现都很完美，做着一件件正确的事情，然而就是这样一点一点地出现了偏差。刚开始的时候，这种偏差很快就能被纠正回去。后来上了初中，再后来上了高中，越来越严重。等我发现的时候，不管我怎么努力，积累下来的偏差已经没有办法再纠正回去了。这样的话，只有让一切归零，只有死。明白了这一切之后，我心里面想着，我大概也会像他一样死去。"

"你在说什么？我不要！我绝对不会让这种事发生！"

"没事的。你读了这封遗书就知道了。"

小直看着快哭出来的我笑了。

"这封遗书，简直堪称范文。最后还写了长生的秘诀。"

"长生？"

"嗯。爸爸在信里面写了，不那么认真地活着，困难自然就会减轻。我觉得他说得很对。我用了同样的方法，所以才活到了二十一岁。"

小直说完，把遗书折好放进了信封里，接着又把信封放回刚才的地方，然后笑着说："所以你也别当真。"

难怪小直动不动就失恋……为什么我至今都没有注意到小直缺失的部分？就像我会头痛，妈妈会离家出走，果然小直身上也在发生着什么。

小直理解的长生的方法是错的，但我没有办法告诉他。我害怕小直知道以后受伤。

"总觉得现在的小直看着特别让人怜爱，我好想一把抱住你。这算是性骚扰吗？"

听我这么一说，小直笑了。

"不算不算。所以，来一把抱住我吧！刚好把你的胸贴到我的头这里来。"

小直这荤段子蹩脚得让我想笑。

"我说，小直，把那个香水女给抢过来吧！"

"抢过来？"

"我的意思是说，你应该对小林芳子再认真一些。"

"为什么？佐和子不是讨厌她吗？"

"嗯，我很讨厌她，但说不定小林芳子可以拯救你。"

我一直和小直在一起，从出生到现在。难过的时候，开心的时候，不管什么时候都在一起。我最喜欢小直了。他是我尊敬的哥哥，是与我同住一个屋檐下的人，我们一起度过了许许多多珍贵的时刻。

但还是有很多我不明白的事情。随随便便交往三个月的外人也能轻易看透的事情，我却看不透。当然我也有自信，有些我知道的事情，是不管和他多么相爱的女人也不会明白的。

小直身上有什么东西，是只有别人才能拯救的。我想，大概我身上也有这样的东西。

我刚从 C 班出来，大浦君已经在等我了。

"你这人怎么搞的？"

"啊？"

"你怎么会在 C 班？"

"因为我上次考了第五十七名啊……"

"从第三名到第五十七名，对学习得多不上心成绩才会下降成这样？"

原因只有一个——这一个月以来，我的脑子里只有大浦君。

继续和大浦君绝交的话，下次我毫无疑问会是最后一名。

"真是的，你为什么什么都不说啊？"

大浦君用焦躁的语气说道。

"什么事？"

"我说要跟你绝交的事。"

"嗯，这个我当时听见了。"

"那你就快说啊！"

"说什么？"

"说让我撤销绝交。"

"嗯？"

"就这样一直不说话你也无所谓吗？"

"也不是无所谓……"

"那你说出来不就好了吗？"

"就这么简单？"

正如妈妈所说，和好是很简单的。不需要解释，也不需要道歉，看来大浦君比我想象中还要单纯好多。

"早点说不就完了吗？"

我整个人一下子松弛下来。这一个月为大浦君消耗了全部精力的自己，想来真是好笑。而我突然意识到一件被我遗忘的事情。

被大浦君的事情搞得晕头转向的，我都给忘了——梅雨季节马上就要来了。

"差不多就是在这个时期，我爸自杀了。"

走出补习班，我靠在大浦君的电动自行车上，仰望着阴云密布的天空。随着梅雨季节的临近，连夜空也变得混浊了。

"啊？"

"六年前的梅雨季节，我爸自杀了。"

"你说自杀了，可你爸爸不是在预备学校上班吗？"

"现在好像是。"

"你还说好像是？"

"而且啊，我哥哥病了，也因此老是被女人甩。"

"啊？"

大浦君的眉头越皱越紧。

"后来，妈妈离家出走了，现在她一个人生活。"

"你都在讲些什么啊？"

"所以啊，我每到这个时期就会特别难受。"

"我完全听不懂。"

大浦君好像陷入了混乱，拼命地甩了甩脑袋。

"我说……我想和你变得更亲近。"

"这个我明白。"

"我感觉只要有大浦君在，就应该会有办法的。最近百服宁也不怎么管用了。"

"我没你想的理解力那么强，我没怎么听懂。"

"我知道，大浦君不怎么聪明。你这个样子，可是考不上西高的哦。"

"没关系。虽然我没听懂，但是我知道你想说什么。"

大浦君说道。

"那就好。"

时隔一个月站在补习班前和大浦君说话，接着和之前一样，我们目送彼此骑车远去。但不同的是，今天说了拜拜之后回过头，我看见大浦君在挥手。电动自行车慢吞吞地前行着，今天完全没有发挥威力。

梅雨季节前夕的昏暗夜空，隐约能看见一颗颗小小的星星。我能感觉到我身后的大浦君的存在。夏之未至，我骑着自行车穿过夜晚的道路回家了。

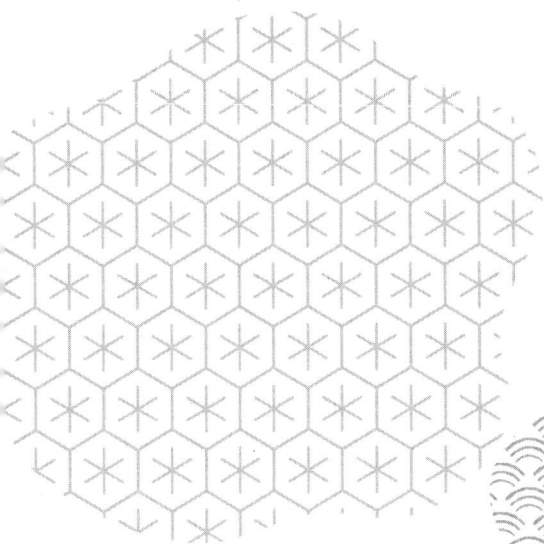

救世主

小直醒了。虽然不知道他是从何时开始昏睡的，但他终于从漫长的沉睡中醒了过来。小林芳子是真正的救世主。

1

某个周日傍晚，满身是伤的小直回到家里。他嘴角破了，脸颊有点青，不管怎么看都是被人打了。

在行事稳健的中原家，几乎从没有过谁打架之后回到家里这种场景。不管是夫妻吵架还是兄妹吵架，几乎都没有发生过。而上一次还是我上小学的时候，我朝掀我裙子的男生扔了石头，石头被对方一脚踢飞。爸爸和我都惊呆了。

"你这是怎么了？"

"啊，你说这个？跟人打架了。"

小直完全不在意情绪激动的我们，轻描淡写地回答道。

"你是说打架？你不是去约会的吗？"

小直说他要去小林芳子的家，早上就得意扬扬地从家里出发了。

"是啊！"

"你还说是？那怎么变成这样的？你在路上被不良少年缠上了？"

"没。"

"那是遇到流氓了？"

"没。我碰见芳子的其他恋人了。"

"哦……"

我知道除了小直，小林芳子还在跟其他男人交往。上高中之后开始坐电车上学、回家的我，有时候会在车站看到小林芳子，她每次都和男人一起。

但是小直碰见小林芳子的其他恋人这件事让我很意外。小林芳子是个聪明狡猾的女人，她绝对不会犯让她的恋人们彼此撞见这种错误。

"厉害吧？"

从小直的语气里一点都听不出来他觉得自己哪里厉害。

"你和那家伙打了一架！小直真帅！"

"多谢夸奖。"

"那你赢了吗？"

"怎么说呢……对方说让我不要再打了，姑且算我赢了吧！"

"啧啧，厉害，太厉害了！小直居然打架打赢了！真是暴力啊！"

我为家兄的胜利欢呼。

爸爸也感叹地说道："呀，没想到小直这么强！"

坚持和平主义的小直从很小的时候开始就不和别人争斗了，也从来没有人向学习、运动兼优的小直发出过挑战。所以，我们从来没有机会了解小直打架的本领有多强。

"我是不怎么喜欢暴力的。"

小直露出一本正经的表情，喝了口茶。

"没关系没关系，偶尔暴力一次。看来小直打架也是一把好手啊！我对你有点刮目相看了。"

"一般般吧！对方的动作被我看穿了。我的力气其实不大，但我的视觉对对方的动态比较敏感，也会分析对方的动作。不过现在回想起来感觉不舒服，手上还有揍了对方的脸的触感，有点恶心。肌肉软绵绵的触感，还有骨头硬硬的感觉，想起来就起鸡皮疙瘩。还是有点对不起人家。"

"这种事情就别在意了。小直的脸不也受伤了吗？大家'礼尚往来'。"

"这个？这不是被那个男的打的。"

"那是谁？该不会对方是两个人吧？"

小林芳子的恋人有好几个。我每次碰见她的时候，她都和不同的男人在一起。他们的年龄层和长相各不相同，害得我完全不知道小林芳子到底喜欢什么样的男人。小直究竟遇见了几个？

"不，这个是别人打的。"

"别人？"

"这个不是被男人打的……是被芳子打的。"

"芳子？你被小林芳子打了？"

"啊。"

"你还'啊'？小林芳子怎么会跑来插一脚呢？"

"我把对面的男的踢飞后，芳子一下子就怒了，抢起乌龙茶的塑料瓶，使劲打我。我完全没想到会被芳子打，所以没顾上接招，就被她打到了。"

"真过分！"

"我倒觉得没什么。"

"怎么不过分？"

得知事情的真相之后，我有些沮丧。我心里面想着，小直看来是输了啊！把对方打倒了有什么用呢？没有得到小林芳子的爱，这不是输得彻头彻尾吗?

"反正我再努力就是了。"

小直用轻快的语气说道。

"真的没事?"

"嗯。谁叫我是阳光男孩呢?"

"呃,从你口中说出来挺怪的。感觉你变了。"

"是吧?来,给我把药安排上。"

我给二十二岁才终于有点男子气概的小直消了毒。塑料瓶的威力可真不小,嘴唇旁边的伤口很深。怕疼的小直一边嚷嚷着"太疼啦,我不抹了",一边逃走了。

我对苏醒之后的小直一无所知。不论何时都远离世俗纷争,从来不发火,不会烦躁,不会兴奋,不管遇到什么样的困难都轻描淡写地带过——这是曾经的小直。他学习优异,运动神经发达,不过,也仅此而已,没有把这些能力用在哪儿,也没有为了自己的成长而努力过。很用心地对待过的,大概只有从小学开始学、至今也毫无长进的吉他,但也没有到竭尽全力的程度。"不那么认真地活着,困难自然就会减轻",这是小直曾经的座右铭。所以遇见小林芳子之前,小直的恋爱都没有存活超过三个月。

2

第二天早上，小直早早地起了床，煎起了牛排。下楼到厨房里，就能听见嗞嗞的煎肉声，还能闻到油脂焦香的味道。

我家平时早餐都吃得很扎实，但是一大早就吃牛排，实在有点噎人。

"你怎么了？"

"什么怎么了？"

"你怎么在煎牛排？"

看见一脸惊讶的我，小直说了一句"早上好"，接着向我做了讲解。

"因为今天是周一。"

"周一又怎么了？"

"不怎么啊，每周一不都是吃肉的日子吗？"

"你说的是超市的特卖吧？但是没有人说要从早上就开始吃肉啊！"

"哎呀我的乖妹妹，你先坐。"

既然他这么说了，我就坐到了自己的座位上。小直给我端来了刚煎好的牛排，配菜是菠菜和胡萝卜，还有土豆泥。小直准备好自己的那份，就坐到了我的旁边。最近的早餐都是我们两个人吃。爸爸预备学校的工作会做到晚上很晚，所以早上起得也晚。

"佐和子，终于到了中原家兄妹联手的日子！"

小直塞了一大口肉到嘴里，莫名其妙地向我宣布道。

"你在说什么？"

"你还问我？佐和子你不觉得奇怪吗？"

"你说什么奇怪？"

我也吃了一口肉。一大早就往肚子里塞肉，我的胃被吓了一跳。但是肉煎得很好，味道很不错。

小直每次都尽量买便宜的肉回来，用酒和可乐腌渍一晚，然后啪啪啪地敲打一番。他总是在尝试如何把一块平平无奇的肉变为一块美味多汁的肉。

"爸爸辞职成为复读生，最后却成了自由职业者。妈妈离家出走，开始独居生活。"

"是啊！"

七年前，爸爸自杀没有成功。自那之后，我们家的人就变得有些奇怪了。

迄今为止，我好多次因为这件事陷入困惑和苦恼。我很焦虑，我觉得自己得做些什么。然而，小直不为所动，任由其发展。

"你怎么突然提这个？这些事情又不是从今天才开始的。"

"嗯，虽然是过去的事情，但是我昨天突然发现有些奇怪。"

"昨天？"

"对。我仔细想了想，还是觉得很奇怪。"

"我觉得无所谓吧。妈妈一个人生活得也很开心；虽然是兼职，但是爸爸也在认真工作……也没影响谁不是吗？"

是啊，妈妈三天两头就会来家里，她自己过得也有模有样的。爸爸连续两年考大学落榜，但是现在沉浸在预备学校的工作中。大家生活得还算健康，这样就足够了。现在我也习惯这个奇怪的环境了。虽然可能称不上正常，但是我们花了好长时间终于过上了现在的生活。大家焦头烂额的时候他很平静，大家稳定下来了他又慌张起来——小直跟大家是反着来的。

"但是每个人不都有自己的职责吗？"

"有倒是有。"

"我们家的人都放弃了自己的职责。"

"但是大家不都过得好好的吗？"

我吃了一半，胃有点吃不消了。我没再继续吃肉了，而是吃起了爽脆的生卷心菜。

我家的餐桌上，不论何时都有切成四瓣的卷心菜，大家会自己拿来剥了吃。小直工作的地方的卷心菜没有用农药，不用担心，随便啃。春天的卷心菜什么都不蘸也甜甜的，很好吃。只要啃两口卷心菜，嘴巴和胃就会一下子清爽起来。

"听说有一个死刑犯，每天啊，他都过得了无生趣。"

"怎么又扯到死刑犯了？"

"你先听我讲完。然后这个人啊，因为已经知道自己要死了，每天都在痛苦中度过。痛苦也没有意义，过不了多久就要死了，拼命反而奇怪，你说是吧？但是目睹了这一切的看守看不下去了，他给死刑犯送了一盆小小的盆栽。死刑犯每天都给盆栽浇水——从那天起，这件事便成了他的工作。不让花枯萎，成为他的使命。被执行死刑前，死刑犯每天都过着安稳、健康的生活。可喜可贺！"

小直讲完了，一脸满足地吃了一口肉。

"这个死刑犯跟我们家有什么关系吗？"

"我想说的是，在某种程度上，职责是必要的。履行职责，便能确切地感受到自己还活着。大家都履行自己的职责，便能创造出良好的环境。所以爸爸不当爸爸、妈妈不当妈妈是不行的。我是哥哥，佐和子则需要变得更可爱。"

最后这句我没听懂。而且说出这种话的小直，让我觉得特别麻烦。

"我工作完成得很快，基本上是个勤快的人，学得也很快，还能余出时间做很多其他的事情。我之前是这么想的：不用一一去规定这是谁的那是谁的工作，大家互相帮助是最理想的。但其实不是这样的，这样的理想是不存在的。刚开始大家会很感激你，渐渐地这些都变成本来就是你该做的事情了。这样一来，别提什么互相帮助了，整个变成了一个失衡的职场。你一个人要做别人好几倍的工作，大家却渐渐地什么都不做了，而且这已经变成了习以为常的事情。大家明明好像不太喜欢这样，但是一旦成为常规，状态就很难再打破。在学校不也有这样的事吗？"

"确实是像你说的那样……"

我在脑海中试着描绘了一下那样的场景。每次偷懒不打扫卫生的是一个人，每次代替他去打扫的也是一个人。要问偷懒的人有没有感激认真做事的人，那肯定是没有的，因为这件事已经成为这个班的常规。

"家庭也是一样的。"

"那该怎么办？"

"这个我还在想。"

小直说完，又塞了一口肉。原来清醒之后的小直，是这种早上吃重口味的食物、聊一些莫名其妙的事情的人啊！我一边感叹，一边专注地吃着卷心菜。

3

　　高中入学后，第一次班级活动是选拔班干部，要在两周多的时间内选出班长。虽然也有和我一个初中的人，但是新面孔很多，彼此几乎没有了解。在这样的情况下，要让学生们自己来决定这个班的代表，不仅困难，而且过于随便。

　　"男生已经定了。那么，女生那边有候选人吗？"

　　班主任前田老师问道。

　　前田老师教授的科目是英语。她是一个还比较年轻的女老师，不愧是美国大学毕业的，英语发音没的说。但她老是一副美国做派，这一点让我很不习惯。明确地说出"是"或"不是"，坚持自己的主张，做事要合理、有效率——这是老师的方针。

　　"有没有人毛遂自荐？请大家大胆说出自己的想法。"

没人作声。大家不是低着头，就是把脸朝向一边，都想着能不能快点定下来。当然，有几个人觉得自己来当班长也行，但是主动举手说想当班长的话，很可能会被其他人看不顺眼。这个班里还没有出现很受大家欢迎的人或者能够压住大家的人。

男女班长各一名。男生的权力关系一目了然，他们已经把班长推给了看上去弱不禁风的增田君。

"看来没有人举手。那女生这边就抽签决定吧！"

听到前田老师的提议，大家立刻不安起来，也有同桌之间窃窃私语的。一个班的班干部怎么能用抽签的方式决定呢？小学、初中的时候，老师就教导我们，这种事情，大家通过讨论来决定是最好的。

"大家不是都还不了解周围的同学吗，现在让大家讨论决定也挺难的吧？没有候选人，说明大家都不想当，那最公平的方法就是抽签。"

好像的确是这个道理。现在大家也讨论不出个结果，所以姑且认可了前田老师说的话。能快点决定是最好的。选班干部时的沉默，是最让我们痛苦的。

这类事情的抽签一般会很顺利。也可能是老师进行了什么暗箱操作，在学校里为了决定什么事情而抽的签，从来没有出现过让人惊掉下巴的结果。

如果是和我一个初中的同学的话，大概三好或者真纪子会抽中。如果是别的学校的同学的话，大概会是那个高个子的女生或者那个短头发的女生。

学生说一个自己喜欢的号码，说中老师最开始定下的号码的人当班长。这种抽签方式也太便于暗箱操作了吧！我想老师大概会顺势让一个她认为合适的人来当班长。

"那……我就十二号吧。"

我没有多想，随口说了一个号。

反正我肯定不会被抽中。可能是因为个子小吧，我看上去比我实际上要不靠谱得多。我不喜欢操心，性格也不开朗活泼。迄今为止，我从来没有当过这种级别的班干部。

"那我现在公布结果。我看看啊，我写的是……十二号。好的，那就是中原同学了。"

"啊？"

"我们三班上半学期的班长就定为中原和增田。请两位同学上前发言。"

大家看了看我这边，窃窃私语起来。我自然是很吃惊的，大家也很吃惊。不管怎么看，我都不是当班长的料。我和增田不安地走上前去，过了一会儿才听见稀稀拉拉的掌声。

大浦君听说我成了班长这件事之后，立马主动报名参选他们班的班长了。大浦君的班级非常民主，选班长这件事一直被延期，直到出现候选人。

"没想到你还挺能干的嘛！我最喜欢当班干部了，在班上很有存在感，收获校园生活双倍的快乐。"

"哦。"

大浦君怎么想我管不着，但是我最讨厌当班干部了。我既没有当好班长的信心，也不觉得自己会很享受这件事。而且男生选出来的班长增田君，一看就靠不住。我的校园生活的痛苦猛增十倍。一想到从明天开始的日子，我就郁闷。

"你的反应太冷淡了吧！反正都当上了，那就一起加油呗！"

"不用你说，我明白。"

"你一看就不明白。"

"算了，既然有大浦君跟我一起，那就努努力吧！"

"别这么说，怪不好意思的。"

大浦君莫名其妙地脸红了，拍了拍我的肩膀。

大浦君的个子又高了一头。在我们从学校往车站走的回家路上，一片樱花花瓣落在了他的头上。今年是暖冬，樱花开得早，花瓣已经开始接连飘落了。

"对了，昨天，小直他醒了。"

"怎么回事？你哥哥病了吗？"

"不，不是那个意思。怎么说呢，他突然变得很有想法，或者说突然变得很有干劲，一大早起来就吃牛排。"

"还挺厉害的。那他不干农业了，准备考大学？"

"他挺喜欢农业的，我倒觉得他不会辞职。"

"那他打算栽培划时代的蔬菜什么的吗？"

听了大浦君的话，我咯咯咯地大笑起来。我想我大概就是喜欢大浦君的这一点吧。

"我说的不是这种。他好像打算重塑我们家。"

"你哥哥可以啊！他突然变成这样，是发生了什么事吗？"

"他为了女朋友跑去跟人打架，然后突然就开窍了。"

虽然真相是被女朋友打了，但为了保护小直的名誉，我没有泄露这个秘密。

"这么帅！你哥哥看上去挺高冷的，没想到这么热血。"

大浦君明明没见过我哥，却说出这种话。

"大浦君你也会为了我而战吗？"

"现在了你还问这个，我不是每天都在战斗吗？学习也好，运动也罢，都是因为有你我才这么有干劲。要是没有你的话，我可能不管做什么都马马虎虎的。"

"这样啊，说得也是，谢谢你。"

虽然我觉得大浦君现在也很马马虎虎，但我没有说出来，而是坦率地表达了我的感激。

"要是我们两个都考上了，我们不如开始交往吧？"

中考前一个月的大雪天，大浦君对我说。我们对彼此有好感这件事已经很明显了，而且在一起的时间变得越来越多。当然，我表示了赞同。但是以当时我们两个人的实力，考西高都还有点勉强。要是有一个人没考上的话，我们两个人该怎么办呢？要是两个都没考上该怎么办呢？我非常不安，大浦君也一样。

"拼了老命地学呗！两个人之中谁考不上，或者两个人都考不上，这种事情就别想了。我们只有两个人一起考上这一条路。"

我们彼此许下诺言，真的拼了老命地在学。在那之前我也拼命地学习过，拼命到自己觉得不能更加拼命了，每天往脑袋里灌输知识，直到达到饱和状态。但是自从那天起，我比之前还拼，脑袋已经学不进去了，还是继续往里硬塞。和以往不同的是，这次升学考试不仅仅是为了考上西高，我还赌上了别的东西。

结果中考的时候，每道题我都轻松地完成了。中考结束后，我们两个人都笑了："太小菜一碟了。"

虽然我们进入了同一所学校，但是很遗憾没被分到同一个班。所以，坐电车往返于学校，成了我们很难得地可以在一起度过的宝贵时间。

一起等电车，一起坐在电车里摇摇晃晃，一起爬上学校前的斜坡。虽然仅此而已，但是我内心的喜悦竟难以言喻。我们有时候会故意多等一班车，或者故意绕远路。这些都是最让我们开心的事情。

4

回家之后，很意外的是，小直没有在弹吉他。难道他不仅开了窍，还终于发现自己的乐感很有问题了？小直手里拿着的不是吉他，而是一本书。

"你这是怎么了？"

"哦，你回来啦！"

"吉他呢？"

"哦，对，我都给忘了。"

"你居然会忘记弹吉他，真是怪事。你在读什么？"

"我就是在想今天晚餐做什么菜。"

小直把他手里的书摊开给我看，那是一本写了很多食谱的杂志。小直的工作早上开始得很早，所以下午六点之前就结束了。

晚餐大都是小直负责。

"你对待晚餐的态度很专业啊！"

"嗯，今天我打算做这个叫意大利风味乌贼炒春季卷心菜的东西。很适合四月吧？"

小直给我看了杂志上的照片，接着去了厨房。

一起住的时候，妈妈会研究书上和电视节目里介绍的食谱，总是给我们做营养均衡又美味的饭菜。但是现在这个家里，没有人会这么做了。

开始独居生活的妈妈，随便做点她自己喜欢吃的东西就好。我们三个也是，负责做饭的人自己想吃什么就做什么。多亏小直从事农业工作，我们家有很多优质的食材，所以不管怎么做，都很少会失败。这就是我家的饮食。因此照本宣科地做饭的小直，在我眼里有点神经质。

乌贼炒卷心菜是个正确的选择，十分美味。但是家里没有食谱上写的罗勒叶，小直专门跑去买，结果花了很长时间才完成这道菜。

我说："没有罗勒叶也没关系。"中途从楼上下来进入厨房的爸爸也说："没有罗勒叶可以用欧芹。"但是小直依然很坚持："写的罗勒叶就要用罗勒叶。"

"这个罗勒叶买得挺值的，确实好吃。"

爸爸明明吃不出来那么细微的差别还好意思这么说。

"加了罗勒叶，一下子就很有意大利菜的感觉了呢！"

虽然我也觉得用欧芹就足够了，但是考虑到费心费力的小直，还是赞扬了一下。

而小直本人没有回应罗勒叶的事情，三两下吃完后说道：

"接下来，我会管爸爸叫爸爸，妈妈叫妈妈。"

这又是唱的哪一出？

"哦哦，好啊！"

"嗯，挺好的。"

我和爸爸都觉得无所谓，就随便附和了一下，可是小直非要我也这么做。

"佐和子你也要这么称呼。"

"我本来就叫的爸爸妈妈，跟我有什么关系？"

"你不是叫我小直吗？"

"是啊！"

"从今以后，你要叫我哥哥或者大哥。"

"大哥……听着像黑道。"

"总之要叫哥哥，知道了吗，妹妹？"

"欸？现在才改口，多不习惯啊！"

　　我对称呼变更一事感到颇为困惑，爸爸则事不关己，高高挂起，一边喝茶，一边悠闲地说道：

　　"也对，这样可能更好。"

　　"要重塑这个家，我觉得先从形式上整改最快。不过说实话，我现在还没想到别的法子。"

　　"好吧，我尽量，我的哥。"

　　我尝试了一下，鸡皮疙瘩都起来了。管小直叫哥哥真的挺恶心的，与之相比，现在这个不可思议的家也没有那么不可思议了。为什么小直非要在意这种无关紧要的小事呢？

　　好不容易苏醒的小直，却没有一个心爱的人，也没有一个懂得爱他的人，所以小直没有可以倾注他这份真情的地方，就把精力倾注在了家人身上。他该费心思的不是晚餐和家里的事情，而是小林芳子的事情。

　　"唉，当长男真不容易。"

　　突然意识到自己是长男的小直，一边叹着气，一边走进厨房开始收拾。

5

　　果不其然，和初中那会儿一样，差不多到了黄金周放假回来，大家都开始讨论起班里的情况。同学们渐渐习惯了高中生活，整个班级开始变得松懈。忘带上课的东西的人、迟到的人变多了，在课堂上偷偷聊天的人也变多了；有的人摸清了每个老师的底，管得不严的老师上课时，就不怎么认真听课。于是班里都在讨论如何能改变现状。

　　"你看到没？这种时候都有人聊天，班长就应该提醒一下大家。"

　　前田老师没有对着聊天的人说，而是对着我说。

　　"那个……请大家安静一点。"

　　听到我这么说，班里的人一脸不服的样子，但教室里还是安静下来了。前田老师示意我抓紧时间继续。

算上今天，这件事情已经讨论三次了，今日之内必须想出克服班级问题的方法，整理好提交给学生会。

昨天放学后，我和增田君被老师叫去了办公室，她告诉我们："一天之内要给出答复。"她还说，怎么样才能让班里的同学更认真地对待自己班的事情，这是你们要去思考的，结果如何全看你们两位班长。

开学一个月，各个班的特性开始展现。我们三班是一年级的四个班里最差的。积极性、学习成绩、上课态度，不管哪个都比别的班差。可以明显地感觉到，不管是哪门课的老师，都觉得我们班的课最难上，有的老师甚至说过"三班不行啊"这种话。

我们班的学生其实跟别的班的差不多，聪明的学生有，开朗的学生、积极的学生也有。但是比起每个人是怎么样的，整个班级的氛围会更加突出。这样一来，班级色彩就很明显了。

一班有点吵闹，但是同学们开朗、有干劲；二班是定下来的事情就一定会做好；四班是整体能力都比较高；我们三班则是吊儿郎当、懒懒散散。别的班的学生、老师，甚至连我们自己都注意到了。

"大家有什么意见或想法吗？"

同样的问题我已经重复好几次了。

谁都行，就不能起来说两句吗？看见大家一副不感兴趣的表情，光是站在这里就是一种煎熬。增田君一言不发，朝着黑板站着。不知不觉间变成了我主讲，而增田君负责记录。

"已经没有时间了。"

前田老师用焦躁的声音说道。

前田老师觉得凡事效率最重要，不喜欢拖拖拉拉的。虽然我也想那样，可是这种班级讨论怎么可能进展得那么顺利？没有人知道该怎么去攻克班级的难题。

"那么我们应该怎么做才会让三班变得更好呢？"

不管问多少次，都没有人发言。讨论毫无进展，所有人都露出了厌烦的表情。和我关系好的朋友带着几分愧疚低着头，不和我有任何眼神交流。

"有没有人来说说自己的意见？"

教室里只回荡着我一个人没有底气的声音。

离下课还有五分钟，前田老师一脸不悦地看着我。"三班的氛围不好，都是因为班长不靠谱。"她的表情是这么说的。

"没有人有什么想法吗？什么样的意见都可以，请说出来。"

还有三分钟。大家都在看时间，教室里流动着烦躁的空气。如果讨论不出结果的话，就会占用终礼时间。终礼被延长的话，就参加不了社团活动，回家时间也会晚。这样一来，大家只会更加不满。可是我也不想站在大家面前，傻愣愣地等大家发言。

我轻轻地深呼吸了一口气，试着回想了一下初中时对这种班会的应对方式。

"忘带上课的东西和迟到，是个人问题，请个别同学自己多加注意。没有干劲、上课窃窃私语，这些问题需要大家齐心协力克服。我想，大家通过互相提醒，一定能够改善班级氛围。让我们一起努力，把这个班变得更好。"

我说完的同时，下课铃响起。终于从讨论中解放了，前田老师、增田君、班上的同学都松了一口气。我以为事情算是圆满解决了。

然而等到下一个课间休息的时候，形势开始朝奇怪的方向发展了。

西田的小团体提到了我的名字，在讨论着什么。虽然我没听清内容，但一听就不像好话。

西田头脑聪明，运动也还不错，而且最重要的是漂亮。她长得很瘦，脸也很可爱。校服的穿法不太符合标准，但她也没有违反校规，平时用的东西也很时尚。她指出别人缺点的时候，说法很巧妙，即便说了一些任性的话，大家也会很容易接受。要是被西田讨厌了，在三班可就难活了。

我在教室里隐约感到如坐针毡。

6

周日晚上，小直来到我的房间。

"喂，妹妹！"

"干什么，我的哥？"

"你不觉得我们俩做兄妹特别容易实现互惠互利吗？"

小直说着，一屁股坐在我的床上。

"你指的是什么？"

"佐和子是女孩子，我是男的对吧？"

"是啊，所以才叫兄妹啊！"

"不，你想想啊！我可以从妹妹那里了解女人心，佐和子可以从我这里了解男人的想法。只要多加利用这一点，我们两个人就可以更游刃有余地活在这个世间。"

迄今为止，我一次都没向小直打听过男生的想法，但我还是点了点头说："有道理……所以，你想问什么？"

"看你说得……"

小直有点害羞地说道。

"肯定又是关于小林芳子的事情吧……"

"哎呀，真不愧是我妹！真敏锐！"

小直撞见女友的其他对象之后，依然和她见面。一切照旧，每周打两次电话，周六约会，非常规律地进行着。

"所以，发生了什么事吗？"

"什么都没发生，也不算什么事。"

"什么意思？"

"对不起，我的好妹妹，身为兄长，这种事说出来真是难为情，但我不知道该怎么办了。早知道会发生这种事，我就应该晚些时候再发表兄妹宣言的。"

"别磨叽了，你快说！"

"其实我总觉得我和芳子进展得不是很顺利。不知道是不是我想多了，怎么说呢，总感觉哪里不对……"

小直居然到了这会儿才发现。他绝对不是想多了，而是从一开始交往，他和小林芳子就没有进展顺利过。

"我不知道芳子到底喜不喜欢我。话说，我们两个真的是恋人吗？当然每周都见面，一起看电影、吃个饭什么的，但也没做什么别的事情了。待在一起也没有什么可聊的，各想各的，好像只是因为规定了要见面才见面的。"

"你这听起来完全是初中生的烦恼。"

光荣晋升高中生的我笑了。我不得不再次感叹，小直真是醒悟得太晚了！

"好，我替你决定了！那就来一决胜负。"

"一决胜负？"

"一直这样不温不火的，所以进展才不顺利。干脆来点刺激的。"

"有道理。那该怎么做？"

"要么进，要么退。"

"进退？"

"没错。比方说打电话，要打的话就每天夺命连环打，管他是早上晚上。相反地，如果不打电话，就彻底不打，小直你绝对不能主动打。就这样来决定，二选一。"

小直每周都在规定的日子、规定的时间打电话，在规定的日子和小林芳子见面。要把小林芳子变成自己的，就不能再这么干。

这样完全不是在谈恋爱。

"来，你选吧！"

被我一逼问，小直陷入苦思。

"这该怎么选？逼得太紧了肯定会嫌我烦，把人晾一边说不定感情就淡了……"

"你这人怎么那么尿！你这一套在小林芳子那儿是行不通的。她可是带着色拉油拜访男朋友家的女人，你按常理出牌是不行的。"

"可是我不想再被她打了。"

小直无力地笑了。

"没关系。这次可以预测到有被小林芳子打的可能，对吧？所以你不会受重伤的。"

"但愿如此。"

"好，那就决定退一步。"

我替犹豫不决的小直做出了选择。

"从现在开始，禁止小直主动给她电话或者主动去见她。"

"必须这样吗？"

"没错。你绝对不能主动，知道了吗？"

之后她就再也不会接到小直准时准点打来的电话了。芳子那么粗线条的女人，一次两次估计不会太在意，但是接二连三地接不到电话的话，肯定会觉得奇怪。继续这样下去，她肯定沉不住气。定期发生的事情突然不再发生了，是个人都会感到不安，而不安会让人有所行动。

现在，大浦君马力全开地喜欢着我，而且很直接地传达了这份心意给我，但是这让我很不安。这种强烈的感情不会一直持续下去的，马力全开的感情注定会渐渐降温，这一点就连身为高中生的我也知道。即便知道，我也依然希望他能一直喜欢我。所以，我也不能泄气。要想让大浦君现在的这份爱意持续下去，我就要认真地去喜欢大浦君。

小直和小林芳子交往了将近一年，每周两次的电话和每周一次的约会从来没有落下过。要利用这一点，就得趁现在。

"十点了。"

明明跟小直说了不许打电话，快到十点的时候他还是来到了电话前。

"要忍住哦！"

"听不到她的声音，真难受。"

"习惯了就好，反正你们打电话也聊不了两句。"

小林芳子和小直通电话从来没有超过十分钟。越聊越起劲，甚至煲起电话粥什么的，从来没有发生过。就是打了个电话，确认对方还在。

"第一天你可能会在意，但是过一段时间，你就习惯了，你甚至会嫌每周打两次电话麻烦。"

"但愿如此。"

小直一副心里没底的样子，接受了我的建议，回到了自己的房间。

7

六月九日，有一个和附近的老人之家的交流会。一年级学生会去老人之家，每个班都要表演唱歌，这是我们高中的惯例。从前天开始，各班都利用早上上课前的时间排练演唱曲目。当然，保证准备工作的顺利进行也是班长的工作。

"那我们开始今天的排练，请大家一起唱。"

说完之后，我开始播放伴奏。几乎听不见有人唱歌。只有一部分认真的同学，包括我和增田君，以及我俩的朋友，跟着伴奏动了动口形，也没什么声音。

今天已经是第三次排练了，至今大家还没有认真地唱过一次。别的班虽然有些吵闹，但是能听见排练的歌声。

"那我再放一次伴奏，这次请大家一起唱。"

我停止了播放，把录音带倒回去。当然，结果还是一样。不管放几次录音带都一样，每天早上如此。

"你这样不行。最起码要分阶段地练，只是放伴奏怎么行？"

排练结束后，我被前田老师叫到走廊里，她这么对我说。

"马上就是交流会了，这样子怎么来得及？"

"我明白。"

"这首歌也不难吧？"

我依然低着头，回答道："嗯，不难。"交流会上的表演曲目是《故乡》，这是小学学的一首歌。大家不愿意唱，不是因为歌曲难，而是因为不想唱出声。有的人觉得做这种事毫无意义，也有的人觉得不好意思，不想唱得那么大声，但不仅仅是这样。

前一阵子的班会以来，我没有什么机会站在大家面前，所以事情也就过去了。然而就在那个时候，有几个同学在心中对我萌生了深深的敌意。我现在再次站在大家的面前，不好的氛围又萦绕在班里了。

"继续这样下去，这个班会越来越没有凝聚力。我知道事情很难，但是中原同学你再不努力点怎么行？"

前田老师说完，便回到了办公室。

大浦君的班准备得特别开心。像他那样单纯的人，担任这样的角色，一下子就很受欢迎，大家都拥戴他，很乐意帮助他。

"中原你可以的，肯定没问题。"

"你昨天明明说不行就算了。"

"准备了这么多鼓励人的话，厉害吧？"

排练到第五天，早上的这十五分钟让我一整天都心情沉重。我走上通往教室的楼梯，还好至少有大浦君在，这已经是我最后一丝慰藉了。

"没事，加油！不就十五分钟吗？一眨眼就结束了。"

"是吗……"

在我看来，根本不是一眨眼的事情。十五分钟感觉比一两个小时还长。

"听说高中生的一天相当于大人的十分钟，所以十五分钟连十秒钟都不到，眨个眼就结束了。其他人也一样，都在混时间。"

"但愿如此。"

大浦君胡编乱造的理论在我背后推着我，让我不情愿地走进了教室。

不能再敷衍了事了，今天一定要让大家多多少少唱几句！

我这么想着，让自己冷静下来。我也希望自己能够改变现在的状况。

"距离交流会没有几天了，请大家一起加油练习。"

我用比平时更大的声音说道，接着播放了录音带。

大家只是冷眼看了看前方，今天没有一个人在唱。有的人只是一动不动地坐着，等排练时间结束。有的人在聊天。有的人在赶忘记写的作业。只有几个人做样子似的动了动嘴，但听不见声音。增田君露出唯唯诺诺的笑脸，根本指望不上。

教室里只有伴奏的声音，这样放伴奏根本没有意义，这样重复也毫无意义。我中途停止了播放，钢琴伴奏戛然而止，教室里一瞬间安静下来。大家停下手里的动作，疑惑地看着我。

"我说，大家完全不唱，这样下去肯定是不行的。我想老人们很期待大家的演出，就这样去参加交流会太对不起他们了，希望大家认真一点。我知道这种事情很麻烦，但还是请大家认真排练。"

大家不出声地听完了我的呼吁。是大家终于想要认真唱了吗？我带着不安的心情，从头开始播放录音带，但依然没有唱歌的声音，反而听见有人在私下讨论。

"总觉得中原这个人说的话完全没人想理。"

"就是，烦死了。老是在那儿装乖宝宝。"

"真的只想说一句：轮到你在那儿主持全局了吗？"

"不能更同意了。"

是西田的小团体。虽然声音不是特别大，但她们是刻意用我也能听到的音量在说的。大家都装作没听见西田她们的话。智惠和道代虽然用很同情的眼神看着我，但是完全没有打算帮我。

我从来没有被排挤或者被欺负过。我虽然不是班里最受欢迎的人，但也不是其他人挑刺的对象；做事很认真，但是从来不炫耀自己的这一点；虽然不喜欢热闹，但也不是个阴暗的人；虽然没有和谁特别要好，但和其他人能够融洽相处。所以，我从来没有成为别人攻击的目标。然而，班长这个职务让我在班里显得十分碍眼。

"明明班里那么多人适合当班长……"

"理佐和久实去当不就好了吗？"

"就是。"

西田瞪着眼睛看着我这边。我是应该说些什么吗？

这种时候还是不要轻举妄动比较好。像她们那样的女孩子，我在初中的时候见得太多了。不去招惹，不去接触，静静地等待时间过去。

我悄悄移开视线，装作没听见。

我很久没去妈妈的公寓了。

"心思都放在大浦君身上了。"

妈妈一边抱怨，一边往红茶里倒牛奶。

"有什么关系嘛，昨天和前天不都见了吗？"

妈妈虽然和我们分开住了，但是经常来家里。不管有没有人在家，她只要来了就会做晚餐、打扫卫生什么的。

"见不见面倒是无所谓，但是平时不怎么来我这里的佐和子突然跑过来，我会担心是不是发生了什么事情。"

"妈妈你是这么想的吗？"

"是啊！所以发生了什么事情？"

我喝了口红茶，思考片刻，回答道："没怎么。"

交流会的排练是我的一个大问题，明明是一件无关紧要的事情，却让我着实痛苦不堪。但这也不是什么需要跟妈妈商量的事情，我是这么认为的。是因为和妈妈分开住了，所以不好意思开口了？还是因为我已经不是一个遇事就找父母求助的孩子了？我也不知道。总之，这件事不用跟妈妈讲。我相信我的感觉。

"没什么事情。"

我又说了一次。

"好吧。反正有什么事情的话，大浦君应该会做点什么的，不然你们在一起也没什么意义。琐碎的事情就交给大浦君，我们来吃蛋糕吧！"

妈妈从冰箱里拿出了芝士蛋糕。

把奶油芝士、鸡蛋、生奶油放入搅拌机搅拌，然后直接拿到烤箱里烤，做法非常简单，是妈妈最近很爱做的一款甜品。她昨天和前天都给我们带了芝士蛋糕。

"又是这个？"

"和昨天的不一样哦！"

"哪里不一样？"

我吃了一口蛋糕，完全没吃出来哪里不一样。

"芝士的种类不一样哦！昨天用的是明治的奶油芝士，今天是森永的。"

"这区别谁能吃出来啊，不都是奶油芝士吗？"

"但是对森永和明治的人来说，这可是个大问题哦！"

妈妈一边说着，一边往嘴里送了一口芝士蛋糕。

"还真的吃不出来。明明和昨天有着决定性的不同……下次佐和子来，我用雪印的芝士来做做看。"

"好吧……"

我没有吃出昨天的和今天的有什么不同，但是芝士蛋糕非常好吃。

8

距离交流会还有四天。一想到要组织排练就心烦，如果有什么方法能够逃避排练的话，我什么都愿意做。但是排练的时间只有本周了，只能硬着头皮干了。

十五分钟而已，很快就会结束。我努力说服自己，把录音机搬到前面，深呼吸了一次。没事，开始吧！万一今天就行了呢？说不定大家对这件事已经有所改观了，说不定有人愿意唱呢！我抱着一丝毫无根据的期待，开始播放录音带。

果然还是没有人唱。最开始认真唱的那些人，可能也开始觉得只有他们自己唱很傻，便不再唱出声了。

隐隐约约能听见其他班的歌声，已经有模有样了。不知道是不是太游刃有余了，二班还分了声部。为什么只有我们班是这个样子呢？排练和交流会，我也觉得麻烦，但我认为还是有人想要认真练的，肯定有人觉得最起码得好好练练。可是现在什么都不做，变成了班里的共识，没人想要打破。

"请大家认真排练好吗？"

我的话就像杂音一样被忽略。增田君也只是一动不动地低头站着。

"我说啊，你一个人唱不就好了吗？"

"是啊，一大早就有人在那儿教我做事，我这一天都没劲了。"

又听见西田小团体的声音。班里其他人也趁机抱怨起来。

"最搞不懂的就是为什么要跑去给老年人唱歌，毫无意义。"

"这种活动，让想参加的人自己去呗！"

"就是啊！什么交流会，压根儿没人喜欢！"

这又不是我能改变的事情，跟我说也没用。我也不想参加交流会，我也不知道交流会有什么意义，我也不认为有必要花费这么多精力在这件事上。但我是班长，不想做也得做，这是我的工作。

"我说大家，能够练习的时间只有这周了，请大家努力吧！"

我重放了一遍录音带，而这次没有听到任何一个人唱歌的声音。

"这可真不好办。"

我把我的遭遇告诉了憔悴的小直。

正如我所预料的那样,少打了一次电话,小林芳子那边没有任何动静。没什么好意外的,再等一次。不过,第二次、第三次小林芳子那边也毫无反应。

没打电话,所以没有办法约见面的事情,周末的约会也就没有了。这样的日子过了一两周,小直身上发生了变化。

见不到小林芳子的这段时间,小直肉眼可见地越来越憔悴了。饭也不好好吃,不在该睡觉的时间睡觉,睡也睡不踏实,小直一瞬间变成了一个不健康的男人。

迄今为止,小直失恋过好几次,但是每次都很快就振作起来了。不管发生了什么事,小直都能毫发无伤,这是我认识的小直。可是远离小林芳子还不到一个月,他就受到如此重创。

"我该怎么办?"

"什么都别管。"

小直的初中、高中都上得顺利。小直跟我不一样,但这种时候如果换作小直的话,他会怎么做呢?所以我特意跑来找他商量,结果他却一点都不上心。

"你叫我什么都别管?这怎么可能?我是班长啊!"

"是不是班长有什么关系？"

"没关系吗……"

"为什么要被这么无聊的职务束缚？给你发津贴了吗？"

"这怎么可能？"

"你想想，这场交流会如果三班表演得一塌糊涂，最后到底是谁发愁？"

"不知道。"

"反正轮不到你。"

小直一脸不耐烦地说道。

"可是……"

"别蹚这浑水。佐和子非要去管，班里的人就会反感；佐和子开始着急，大家就会觉得你活该。这件事你就别掺和了。"

"是这样的吗？"

"是啊！这种时候，别管就对了。"

这种想法一点也不像小直。小直能够很聪明地避重就轻，但绝对不是一个不负责任的人。他看上去很轻松，但每次都认真地做到了最后，而且每次都会替我考虑很多。明明之前他还说什么人要有自己的职责，结果现在因为一个小林芳子就变得这么软弱。

"不负责任的发言。"

我表示抗议。

"行了行了，想事情累得很，我要睡了。"

九点刚过，小直就钻进被窝了。

9

离交流会还有三天，加上今天一共还能练习三次。

结果，我还是决定遵照小直的建议。不是我赞成这样的做法，而是我确实不知道还有什么别的法子了。不管什么招我都愿意使，即便是半死不活的小直给出的极不负责任的建议，对现在的我来说也是极为宝贵的。

排练时间到了，我没有走上前去。增田君一个人站在前面，一脸不安地开始播放录音带。当然没有人唱，大家甚至连谱子都没有翻开。我从自己的座位上漫不经心地望着这番光景。

"大家不配合，她就闹别扭。"

"真不负责。"

大家开始抱怨。

好好做也要抱怨，什么都不做也要抱怨，大家到底想让我怎样？

前田老师催促我："怎么了？还不快一点？"

为什么我非要经历这一切？为什么我要每天遭受大家的责难？的确我是班长，但这些都是我的工作吗？这是我非做不可的事情吗？为什么前田老师不严厉地教育一下大家呢？说是为了提高学生的自主性，为了培养学生的自主能力什么的，还不是在逃避教师的职责吗？大家完全不配合，我走到前面去又有什么意义？

大家的不满情绪越发高涨。连智惠和道代她们也连连问我："你怎么了？""快点到前面去。"老师的语气也越来越严厉。但他们的声音都在伴奏声中远去了。

这时，增田君大喊一声。增田君至今从来没有在教室中发出过这么大的声音。

"你们，别在那儿欺负中原！"

教室里瞬间安静下来，每个人都看向增田君。

"我们也不想做这么无聊的事情！"

增田君使劲地拍打着讲桌大喊道，而安静的教室里突然爆发出一阵大笑。大家一边拍手一边笑着，觉得老实的增田君发火的样子很滑稽。平时不怎么出声的增田君不习惯发火，这次都喊破音了，动作也很僵硬。

"有什么好笑的!"

增田君越是发火,大家就笑得越大声,都笑得停不下来了。连增田君的朋友、智惠和道代都在笑。

没救了,不管做什么都没用,光靠我和增田君是不行的,我们没有办法推动这个班。我胜任不了这份工作,我很肯定。

"要是三班的交流会表演失败了,我会很难过。"

梅雨如期而至,在厚重的乌云下,大浦君说道。

傍晚的车站人很多,湿漉漉的,很不舒服。要下就干脆地下,哗哗哗地来一场大雨多痛快!

"小佐和子,别难过。"

"谁是小佐和子啊,怪恶心的。"

不顺心的高中生活让我特别烦躁。

这个事实很是令人遗憾,但高中生活的烦恼主要就是来自人际关系。家里的事情一团糟? 亲哥快死了? 梅雨季节让人头痛? 这些事情跟人际关系比较起来真是不能更微不足道了。我不想为这种无聊的琐事烦恼——虽然我是这么想的,但不管我怎么挣扎,我一天之中的一半时间还是在三班度过的。我既不知道怎么跟大家搞好关系，也没有坚强到可以和三班脱离关系。

"你啊，只知道从正面去硬刚。能让跟自己一个年龄的人动起来的，要么是处事圆滑的人，要么是那种谁都很尊敬、有领袖光环的人，要么真的很强，要么就是背后有什么撑腰的。什么都没有，那肯定是不行的。"

"这种事情我早就知道了。"

"那你做事的时候就再聪明点嘛！"

"现在这样已经是我的极限了，我已经不知道该怎么办了。"

这两周，我已经尽了自己最大的努力，但不管做什么都行不通。

"真拿你没办法……我啊，是真的迷上中原你了，所以我其实是不情愿的，但是呢，我还是教你一个秘诀吧！"

"秘诀？"

尽全力呼吁大家也不行，放弃班长的职责也不行，难道还有别的方法吗？我盯着大浦君的脸，聚精会神地听着。

"你对着三班所有的人再怎么喊话也没用。关系都恶化成这样了，想让三十八个人全部听你的话，肯定不可能。"

"那该怎么办？"

"你是女孩子，你就利用这一点。"

"怎么利用？"

"找到班里特别强、有权力的男生，让他们成为你这一边的。三班的话，我看看，吉泽或者三宅，先从他们那儿突破。他们两个都很受女生欢迎，只要他们成为你的同帮，你就可以安心了。只要他们都站在你这一边，想让三班动起来就再简单不过了。"

"听上去是这么个道理。可是三宅君、吉泽君他们怎么可能成为我的同帮呢？"

别说当我的同帮了，三宅君和吉泽君在排练的时候就没张过嘴。

"那还不简单？你就一脸柔弱地说：'三宅君，我不知道该怎么办了，你帮帮我。'你平时太一板一眼了，只要稍微展现一点脆弱的地方，他们一下就上钩了。男生都很单纯，看见女生依赖自己，绝对不会使坏。三宅和吉泽都会帮你的。"

"嗯？总觉得怪恶心的。"

"都这个时候了你还纠结这个？再过两天就是交流会了！"

"这个我知道……"

"要是演出搞砸了，你接下来肯定会更惨。"

是啊，要是三班在交流会上搞砸了，我会是什么样的心情呢？我也不知道。但是为了改变这个扭曲的班级，我觉得我好像什么都能做到。虽然没有信心能做好，但是总比什么都不做来得强。

"嗯，我试一把。"

"这就对了，肯定能行的。但是仅此一次哦！你可别忘了你是我的女人。"

第二天，我比平时更早地来到了学校，看见足球部晨练结束后吉泽君一个人回到了教室。

"吉泽君。"

"什么事？"

"你现在方便吗？"

"方便，有事吗？"

"耽误你三分钟，可以过来一下吗？"

我把吉泽君带到了通往四楼的楼梯口，这个地方一般不会有人来。

"你怎么了？"

平时完全没有跟我说过话，突然被我拉过来，吉泽君很困惑。

"那个……就是……"

我在脑袋里回想着昨天和大浦君练习的台词。怎么说的来着？我不知道该怎么办，希望吉泽君帮我，只能靠吉泽君了，我一个人完全不知道怎么办。我就这样乱七八糟地想着，不知道怎么的，眼泪就流出来了。

真丢人！不就是大家不肯好好唱歌吗？又不是什么大事。为什么会因为这种事情这么烦恼呢？还把大浦君都卷进来了，自己真没用。

"唉，中原你也挺受伤的。"

看见我一直没说话，吉泽君开口说道。

"嗯？"

"每天早上我和大家一起吵吵闹闹的，但是我看着中原你好可怜。"

"这样啊……"

"抱歉。"

"没关系，但是能不能……"

"我知道，我会帮你的。"

吉泽君说着，轻轻地拍了拍我的肩膀。

"谢谢你愿意找我商量。"

"啊……嗯。"

"班里有其他男生，但是中原你选择来找我，我挺高兴的。"

"啊，真的吗？哦。"

"我们回教室吧！"

吉泽君走下了楼梯。

"啊，那个……如果是吉泽君的话，长得又帅，又受大家欢迎，大家肯定愿意帮忙……"

和大浦君练习的内容，好歹得用上点，于是我慌忙地补充道。

"好了好了，我知道，没问题的。"

吉泽君笑了。

和增田君不一样，吉泽君很厉害。他没有对大家说"练习认真点"这样的话。

"每天都听录音带，我都把这首歌记住了。我来唱一遍试试啊！"他嬉皮笑脸地说着便唱了起来。

"我唱得如何？"

"你唱得真不赖啊！"

"是吧？"

长得帅的男孩子唱歌也好听。吉泽君的确唱得很好，像西田那样强势的女孩子对帅气的男生没有抵抗力，听着吉泽君他们几个人唱歌，拍着手打起了节拍。

"我说大伙，明天不就是交流会了吗？这样下去有点不妙啊！咱们还是凑合着唱一次吧！中原，从头再放一次。"

"啊，好！"

我重新放了一次录音带。

只要有人唱出声,合唱就会成功。那些觉得应该认真练习的人能够借机一起唱出来,大家每天都在听伴奏,一首《故乡》就这么不费吹灰之力地完成了。

"太帅了!吉泽君果然给力!"

"我说啊,你非要把这些话说给我听吗?"

第一节课下课之后,我立刻跑去跟大浦君汇报了。

"啊,确实……可是我真的很想说出来呀!嘻嘻!"

"还'嘻嘻',怪恶心的。"

"嗯,抱歉。"

我的坏心情一扫而空,原来这十五分钟的练习时间对我的影响是如此之大。

"算了,中原你本来也是这些地方有些欠缺。"

"这些地方?"

"'今天的吉泽君好帅''三宅君的发型太赞了''数学老师清水真恶心',其他女孩子会毫不厌倦地每天重复这样的话。要是你也有这些流行要素的话,可能就不会在班里那么格格不入了。"

"是吗?"

"也无所谓，谁叫你对我一心一意呢？"

"嗯，确实。"

我坦率地承认了。

我非常感谢大浦君。三班的合唱能够顺利进行，不是因为吉泽君，也不是因为我，而是因为有大浦君在。

交流会当天，尽管我们班的《故乡》算上今天早上也不过才练了两天，但表演很成功。高中生在老爷爷、老奶奶面前还是挺认真的，还是能懂得分清时间、地点、场合的。

老人们听着我们笨拙的歌声，热情地拍着手，很是喜欢。甚至有听得泪眼蒙眬的老奶奶，让我们一时间有点不知所措。看了这种歌唱表演也能那么高兴，不知道她是幸福还是寂寞。

而最庆幸的是演唱终于顺利结束了。一想到明天我不用再站在大家面前，我就很开心。高中生的十五分钟对成年人来说也许就是一瞬间，但是那每一分钟都过于真实且艰难。

交流会结束，我们要离开老人之家的时候，有一位老奶奶握住我的手说："谢谢你。"那是一双满是皱褶且干燥的手。坐在轮椅上的老奶奶满脸皱纹，用亮晶晶的眼睛望着我。

"没有，不用谢。"

"是一首……非常……好的歌，非常非常……好的歌。"

老奶奶说话不是很清晰，只是几个字，却花了很长时间。但是这断断续续的话语，让我心间一阵暖意升腾。这段艰难的日子，也因为这一句话而变得有意义了。

老奶奶只是因为我刚好在她面前，所以握住了我的手，但是我真的很感激老奶奶说这句话。其他的学生也收到了老人们真诚的感谢。

如果我不是班长的话，我肯定也不会认真地练习，顶多配合一下周围的人随便练一下。正是因为碰巧当了班长，我才会这么认真地去完成这件微不足道的事情。

我再也不想当班长了，我是这么想的。我再也不想重新经历一次了，我是发自内心地这么认为的。可是老奶奶会如此饱含心意地深深地向我鞠躬致谢，都是因为那几天的我。

"谢谢您听我们唱歌。"

我也握住了老奶奶的手。

10

　　小直丝毫不习惯与小林芳子断绝联系的生活。胡子和头发乱得一团糟，衣服也穿得很随便，整个人都很邋遢。他不弹吉他，也不唱歌了。做的饭菜几乎不能吃，他自己也一口不吃——就这样过着颓废的生活。

　　过了这么久没联系，小林芳子都毫无反应，没办法了，小直只能放弃小林芳子了。看来越是试图让小林芳子感到不安，她的存在在小直心中就越强烈。

　　可是就这样结束一切，实在太惨淡了。我也对自己提出这个奇怪的作战方案有些自责，所以我决定最后再稍微帮他一下。也许不会成功，但我还是决定一试。

　　我悄悄拍了一张小直的照片——头发和胡子都乱七八糟的邋

逼小直。我把这张照片放进信封，上面写了一句"这是我哥的近况"，然后寄给了小林芳子。

狡猾一点，丢人一点，又有什么关系呢？什么职责不职责的，不重要。方式也不重要，只要能达到目的就都无所谓。

这样还不行的话，就真的没办法了，小直只能忘了小林芳子。

"啧，这伞太难用了！"

梅雨季节下着瓢泼大雨的傍晚，我和大浦君急急忙忙地往车站赶去。

这个梅雨季节，为了让我们两个人能够一起打伞，大浦君买了一把超大的伞。但是这把伞不管怎么看都很像海边沙滩上用的遮阳伞，我略微感到羞耻，所以我不想打这把伞。

"真是的，你带把普通的伞不就好了吗？"

"这把伞除了大点也很普通啊！"

"你什么时候见过这样的雨伞？"

大浦君的伞是彩虹色的，伞柄又长又大，他撑着摇摇晃晃的。

"啊啊！"

大浦君被风吹得左摇右晃，又差点摔倒。

"真拿你没办法。你到我的伞里来吧，你那把伞就收了吧！"

大浦君被趾高气扬的我说了之后，耸了耸肩，把伞收了起来。

"看吧，都说了你那把伞完全派不上用场。"

"不过啊，我还是赚到了。"

大浦君一边钻到我的伞下，一边说道。

"什么赚到了？"

"我本来是想两个人一起打伞，就买了把大伞，结果反而一起打了一把这么小的伞。"

"大浦君你可真是个幸福的人。"

"你还真别说，我好像运气一直都很好。"

买了一把毫无用处的大伞的大浦君高兴地说道。

回到家里，只见桌上放着泡芙。

"家里来人了吗？"

"刚才芳子来了。"

"真的？"

"真的。"

"那结果到底怎样啊？"

"不知道。"

不管我怎么追着问，小直什么都不肯告诉我，我完全不知道发生了什么事。但是，小林芳子这次带的伴手礼不是色拉油，也不是洗衣液套装，而是我和小直最喜欢的泡芙。

"话说我们家的复兴计划到底怎么样了啊？"

我们俩没有着急准备晚餐，而是悠闲地喝起红茶，大口吃着泡芙。

"你不说我都忘了。"

"你太不靠谱了吧！明明之前还搬出了监狱啊，职场啊的故事，讲得那么投入。"

"我有吗？"

"当然有啊，我的好哥哥！"

"你干吗？这么肉麻……你别这么叫我，我都不知道你在叫谁。"

"是小直你之前坚持让我这么称呼你的。"

"嗯？有这回事？"

小直真够任性的，我忍不住笑了。

还是以前的那个小直，但他没有再次陷入沉睡。小直自己终于追赶上了从漫长睡眠中清醒的大脑。

"先不说这个了。你不觉得这个泡芙很好吃吗？"

"确实很好吃。"

　　"一般不都是那种皮很脆的吗？我倒是更喜欢这种皮和奶油混在一起的黏糊糊的泡芙。不知道是在哪儿买的，应该不是这附近的店。"

　　小林芳子带来的泡芙被粗暴地塞进了纸袋，所以形状很丑，奶油也被挤出来了。

　　"啊，我吃到了什么东西?! "

　　我吃的那个泡芙里，有什么硬硬的东西。我用舌头把它顶了出来，结果一看是蛋壳。

　　"这该不会……"

　　"嗯，像是芳子会做出来的事。"

　　夜晚悄悄来临了，但我们丝毫没注意到。我们两个人一个接一个地吃着形状难看的泡芙，直到肚子都吃撑了。

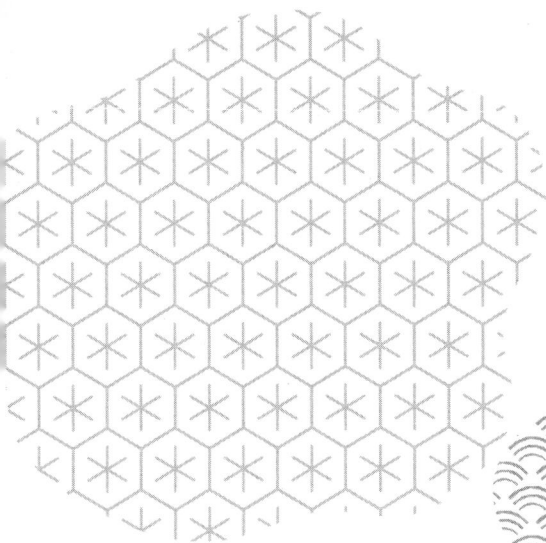

礼物的作用

1

十一月二十四日。秋天一下子就结束了，彻底进入了冬天。风变得很凉，天空和树木看上去都很萧索。

在这条通向车站的路上，大浦君突然宣布：

"我从明天开始要努力工作了！"

"嗯？"

"我说我从明天开始要努力工作了！"

"你这又是怎么了？"

大浦君总是会没有预兆地宣布一些事情，我已经见怪不怪了。

"我没怎么啊，我要开始打工了。"

"为什么？"

"你还问为什么，再过一个月不就是圣诞节了吗？"

"是啊……"

在我们住的这座小城市里，也能看到圣诞节来临的预告。车站前的小超市举行了圣诞节促销，蛋糕店也开始接受圣诞节蛋糕的预订了。

"明年就要准备升学考试了，想打工也只有趁现在了。我们两个的大学肯定不在一起，所以今年圣诞节我送你一份大礼。"

"为什么？"

"你怎么那么多为什么？你是小学生吗？"

被比我精神年龄小的大浦君这么一说，我心里很不服气。

"大浦君你每次说事情都很莫名其妙。"

"莫名其妙？"

"是啊，意义不明。"

疑点太多了。

大浦君家里也算是有钱的，为什么非要去打工呢？圣诞节什么的，之后还有好多好多个，为什么非要今年送我一份大礼？大礼又是什么？最让我在意的是，为什么要说我们的大学肯定不在一起？

"因为你比我聪明啊！"

"啊？"

"我其实发现了。"

"发现什么了？"

"我们两个谁更聪明。接下来我们之间的学力差距肯定会越来越大。高中虽然勉强进了一所学校，但是考大学就不会那么顺利了。"

"怎么会呢？我们的考试成绩每次不都差不多吗？"

"现在没什么差别，但是到了三年级，开始动真格地备考之后，差距肯定会显现出来。现在已经差不多是我的极限了。你去上好大学，我可能就去个一般的。"

"我水平也挺一般的啊！"

我确实比大浦君聪明，但这又不是什么多了不起的事情，在西高就是中等水平。

"将来的事情谁也不知道，但差距肯定是有的。"

"你太悲观了吧！"

我叹了一口气。刚过五点，天色就暗了，呼出来的气略微发白。

"怎么是悲观呢？不在一所大学，也完全可以啊！"

"那倒也是。但是你为什么非要打工呢？"

"为了买一份超级大礼。"

"你就算不打工，不也有钱吗？"

　　大浦君和我在一起已经差不多两年了。当然，我们一起过了生日、纪念日。大浦君之前都是用零花钱买的礼物。

　　"可中原你是那种会认为比起用父母给的零花钱买礼物，自己打工挣钱买礼物更了不起的人吧？"

　　"我是那种人吗？"

　　"是啊！你当然是！"

　　"那你打什么工？"

　　"送报纸。"

　　大浦君干脆地回答道，看来已经决定好了。

　　"真是令人意外！我觉得大浦君更适合接待客人之类的，比如在蔬菜店啊，居酒屋啊什么的。"

　　"我知道，但是中原你不是喜欢送报纸这一类的吗？"

　　"是吗？"

　　我皱了皱眉。我还是第一次听说自己喜欢送报纸这种事。

　　"一开始我也考虑过麦当劳之类的，但那种很流行的东西你不是不喜欢吗？一大早起来用体力赚钱，你不就喜欢这种简单明了的吗？"

　　大浦君开始自顾自地进行解说，我真拿他没办法。

　　——反驳他也很费劲，我点了点头回答道："也是。"

"啊，不过送报纸的话，大浦君刚好有电动自行车。"

初中的时候，我骑自行车上补习班，大浦君学我，也买了一辆。在那之前都是家里开车接送的大浦君，想要通过骑自行车上补习班来展现自己的男子气概。但是大浦君选的自行车是电动的，结果反而看上去更软弱了，让我笑得不行。上了高中的大浦君，块头大了许多，不用骑什么自行车来衬托自己的男子气概，看上去已经非常健壮了。

"我不用那个。"

"为什么？反正刚好有，不用多浪费啊！"

"不行，我要靠自己的脚力拼命踩自行车送报纸。"

"哦。"

"我要好好流汗，好好工作。"

看来大浦君对打工这件事很讲究。大浦君充满了干劲，斗志昂扬。

"那你加油吧！"

"那是必须的。拼命工作一个月，然后等我买到了这份礼物就……"

"就怎样？"

我抬头望着大浦君。上了高中之后，大浦君以惊人的势头在长高，然而我没有任何变化。两个人的身高差比学力差更为明显，个头差了将近三十厘米。

"也不是什么大不了的事情。"

大浦君有些害羞地说道。坦率的大浦君说不出话的时候，一般没有什么好事。他肯定在想什么不好的事情。

"我不要。"

"为什么？"

"绝对不要！"

大浦君给我的解释里虽然没有提到具体是什么，但是我不喜欢谈条件。

"不是什么会让中原你讨厌的事情，我觉得。"

"那到底是什么事情？"

"你非要问的话，就等到我顺利买到了礼物再问。"

大浦君红着脸说道。

"哼，你真奇怪！"

"还有啊，都现在了，你就不要叫我大浦君了。"

"为什么？"

"还为什么？很奇怪啊！我的名有点丢人，你也别用名叫我。你想个别的名字，反正别叫我大浦君。"

"唉——"

这还真是麻烦！都叫惯了的名字又让我改，可真麻烦！而且大浦君的名是"勉学"，如他本人所说，确实很让人感到羞耻。

"反正大浦君不能再叫了。圣诞节之前你想好。"

"太难了。"

"随便想一个就行。"

"好好，我知道了。"

既然大浦君这么坚持，我只好勉强答应了。

我一路上思考着大浦君的新名字，就这么到家了。小直坐在外廊，看着院子里的鸡。现在家里有三只小直从单位带回来的鸡。

"你在干吗？"

我跟他搭话，他也不理，只是专注地看着鸡。

"喂，小直！"

"啊，妹妹，你回来啦！"

我大吼一声，小直终于把视线从鸡身上移开了。

"你这是怎么了？那么认真地盯着鸡看，表情也很奇怪。"

难道圣诞节前的一个月，男人都会变得很奇怪？我坐在了小直旁边。

"我看上去有那么严肃吗？我自己都没发现。"

"嗯，是最近几年都没见过的专注眼神。"

"这样啊……可能是因为我在进行一项困难且不允许失败的工作。"

小直说着笑了。

"不允许失败的工作？"

"我在对鸡进行选拔。"

"选拔？"

"嗯。我在想，从加百列、末子和奇奇里面，到底选谁好呢？"

这三个没有任何关联的名字，属于三只鸡。三只都是荷兰的品种鸡，全身都是富有光泽的褐色，可爱又讨人喜欢。运动量也很足，每天都会产下味道浓郁的蛋。

"你选一只拿来干吗？"

"选来作为圣诞节礼物。"

"啊？"

"我在想要把哪只鸡作为礼物送给芳子。"

"你是要把鸡作为圣诞节礼物？"

"是啊！"

小直理直气壮地说道。

"对方肯定会觉得恶心的。"

"为什么一定会觉得恶心？"

小直是真的不知道，一脸不服气地问道。

"你还问我为什么……"

送给恋人的，而且是圣诞节的礼物，居然选只鸡，普通的女孩子肯定会吓一跳，不知道该怎么办。

而且小林芳子不是那种喜爱动物的朴素女性，而是喜欢贵金属和香水之类的华丽东西的女人，要是收到的礼物是鸡，肯定会当场晕厥。

"这个我也想过。圣诞节嘛，我刚开始想着要不要送火鸡，但是火鸡的脸不是所有人都喜欢的。"

"这种事情我不清楚。"

"还是这种鸡比较讨人喜欢，而且比较合日本人的口味。"

"口味？难道是要拿来吃吗？"

"当然！不吃的话拿来做什么？圣诞节之前把鸡养得胖胖的，到了圣诞节那天和芳子一起做成烤鸡来吃。"

"那样不会很恐怖吗？"

"为什么？我们去年不是一起吃了克里斯蒂娜吗？"

的确，去年的圣诞节，我们把家里养的一只鸡宰来吃掉了。把养的动物吃掉，我觉得是一件非常值得感恩的事情。但那是因为我们是一家人，恋人之间是肯定不行的。圣诞节礼物是一只鸡的话，女朋友肯定会备受打击，更何况男朋友还要当场进行宰杀……

"好，就决定选加百列了！"

小直选了鸡冠最红的那只。我在一旁看得很无语。

2

　　大浦君第二天就开始送报纸了。大浦君自告奋勇，把负责的区域改成了我家这一带。大浦君家和我家离得很远，开车要差不多二十分钟。昨天听他说的时候，我就表示这种做法效率很低下，但我今天起得比平时都早，从二楼的窗户一直盯着家门前的小路。

　　五点刚过，外面果然还很暗，不过天色微微发白，马上就要天亮了。

　　我就这么发着呆眺望着，突然看见一辆摇摇晃晃的自行车奔驰过来。是大浦君！如他所说，骑的不是电动自行车，而是一辆很大的黑色自行车，应该是报社的。因为是第一天打工，所以他是和大叔一起来的。

　　大浦君停在了要配送的人家门前确认了名牌，单脚支撑着自行车，把报纸投进了邮箱。仅此而已，但不知道为什么，让我看得心跳加速。不知道是不是因为泛白的天色，大浦君看上去跟平时不一样。

大浦君在我家门前也停下来，从车篮里拿出报纸，塞进了邮箱。我屏气凝神地守护着大浦君。他只是送个报纸而已，却好像站在棒球比赛的击球区，让我光是看着就会紧张。我想要不要打开窗户喊他一声，但是我好像又不想这么做，只是安静地从二楼的窗户里看着。车篮里的报纸堆得像小山丘一样，自行车摇摇晃晃的，但这并不影响大浦君豪迈地踩着自行车，向早晨的薄雾进发。

我忍住冲动没有马上下楼，一直在床上等到快到平时起床的时间。要是起太早了，就会显得太刻意，一定会被小直嘲笑。

六点二十分，还是比平时早了二十分钟，我冲到了楼下。

"咦，这么早？怎么了？"

小直向冲下楼梯的我问道，但我没有回答他，而是走向了玄关。

一打开门，冰冷的空气立刻让头脑清醒了过来。一个舒服的全新的冬日早晨！我打开邮箱，拿出了报纸。外面太冷了，报纸摸起来却好像有一丝温度。这是大浦君送来的报纸，我小心翼翼地拿在手里，闻了闻。当然，除了纸和墨水的味道，别的什么都没有，但是我很高兴。

从事农业的人，一天开始得很早，于是在我家总是小直最先起床。但小直到傍晚才会看报纸，所以我的对手是爸爸。爸爸在预备学校工作到很晚，早上起得也晚，但是有时候会早早醒来，开始专注地看报纸。

"你这是怎么了？"

看见我抱着报纸回到屋里，小直露出了惊诧的表情。

"没什么。"

"有什么头条新闻吗？"

"不是。"

我敷衍地回答了一句，便摊开了报纸。只是一份普通的报纸，但我很小心翼翼。大浦君只是送报纸的，这份报纸也不是他做的，但我忍不住把这份报纸的边边角角都看了一遍。

"你真奇怪。"

我没有理会小直，而是一页一页地慢慢读起了报纸。

3

十二月初，期末考试结束了，举办完期末典礼，学校就开始放假了。虽然有返校日和社团活动，但是圣诞节前有很多自由时间。

我也在考虑打工给大浦君买一份礼物，但是两个人做一样的事情就没意思了。反复思考之后，我决定织围巾。

考完试的第一天，我便跑到妈妈的公寓里让她教我织围巾。

"太诡异了！"

我告诉妈妈自己要学织围巾，她一脸诧异。

"怎么了？"

"我就是觉得做这种不切实际的事情，完全不是佐和子的风格。"

"是吗？"

"是的呀！"

"好吧……"

我又不是什么实用主义者，不过看来我在每个人心目中的形象都不一样啊！

"也是好事。在我看不见的地方，佐和子长大了。难得一次我就教教你吧！但其实妈妈我也没有织过什么东西哦。"

"啊？"

"你别看我这样，我其实最不擅长裁缝什么的了。"

结果我们两个人决定去商店街买织物教学的书。照着书里的试试看，一条围巾总织得出来吧！

我们穿上外套，朝车站那边走去。手揣在衣服口袋里，我们并排走在寒冷的路上。这个画面总有种似曾相识的感觉。

小时候，我经常和妈妈两个人出去购物。车站前的商店街不是特别大，但是卖衣服的、卖蛋糕的，什么都有。我和妈妈最喜欢这条商店街了。小直和爸爸却觉得买东西很麻烦，每次都说，就那么点东西，等下次一起买不就好了吗？但我和妈妈即使是买个蛋糕或者橡皮擦，都会跑一趟。这是属于女人的快乐，我们两个人每次外出都很得意。

"好久没有这样走在一起了呢！"

"是啊！"

"不住在一起了，就难得有机会一起去买东西了呢！"

妈妈开始独居生活之后，我们也经常见面。虽然会互相拜访，但是还没有一起出过门。

"我们就算住在一起，也不会一起去买东西了。"

妈妈说道。

"是吗？"

"是啊！佐和子已经是高中生了，一般不会和妈妈一起出门买东西的。"

"妈妈是这么觉得的吗？"

"是啊！佐和子也上年纪了？竟然发起乡愁。"

妈妈说着便笑了。

进入手工艺店的我，被毛线的价格震惊了。虽然也有便宜的，但是看着不错的毛线要将近一千日元一团，而织围巾需要三四团。与其这样，还不如直接去买围巾，便宜又省时。

"很不合理是吧？"

妈妈在我耳边说道。

"还真是。"

"不过反正圣诞节嘛，这种挺好的。"

"嗯，毕竟圣诞节嘛！"

很少进手工艺店的我，鬼鬼祟祟地四处观察着。小小的店内不仅有毛线，还紧凑地陈列着布料、纽扣和其他的线。这些之后会变成别的什么东西的五彩斑斓又可爱的材料，看得我很开心。

"啊，真不知道该选哪个！"

毛线看上去都很暖和，我试着想了一下这些毛线变成围巾的样子，感觉哪个都很不错。

"大浦君喜欢什么颜色？"

"我记得是白色。"

"但是白色的话，要是织的时候失败了，污渍就会很打眼。"

"那就不选白色。"

我们评价来评价去，拿起手里的毛线看看，又四处望望别的。在手工艺店里待着很舒服，我感觉可以在里面一直不出去。

犹豫了很久，我买下了一团要八百日元的毛线，是深蓝色的，一定很适合大浦君。我一定要织一条漂亮的围巾出来。

从第二天开始，我把所有时间几乎都耗费在了织围巾上。最开始有点不知道怎么弄，但可能是因为我选的花纹很简单，我发现围巾这种东西很好织。悠闲地听着音乐，织得很顺利。一针一线地织着，围巾渐渐有了雏形。这个过程还挺有快感的。

"怎么，又在织围巾啊？"

三点的时候，爸爸从楼上下来，进了客厅。

"嗯，还有两周了。"

"太拼命了可是会肩膀疼的哦！"

爸爸一脸困倦地揉揉眼睛，走到厨房，泡了一杯咖啡。

爸爸为了大学考试付出了那么多努力，却连续三年都没考上。他今年无论如何都想考上，所以比往年更投入地学习。晚上在预备学校打工的爸爸，上午起床后，会一直学习到去打工之前。不知道是不是因为睡眠时间减少了，爸爸喝咖啡越来越多。

喝完咖啡，爸爸又从冰箱里拿了布丁。不习惯吃独食的爸爸，每次都会给我泡一杯咖啡。

"爸爸你以前明明那么不喜欢甜食。"

我一边打开爸爸拿给我的格力高焦糖布丁，一边说道。焦糖布丁甜得发腻，我很不喜欢，但是爸爸每次买布丁都买这种。他说每次看见超市摆放这种布丁，就觉得特别想吃。

"学习的时候就会特别想吃甜食。只吃一点点就够了。吃了甜食这种东西，感觉整个人都得救了。"

爸爸说得很夸张，一副吃得很香的样子。

"那看来你的学习渐入佳境了。"

"唉，要是明年再考不上，就有点不好办了啊！"

"是吗？"

"你想想，后年再考一次的话，不就和佐和子考大学变成同一年了吗？"

"也对，那还真是不一般啊！我们父女俩就变成竞争对手了。我要不和爸爸报同一所大学好了。"

我咯咯咯地笑了起来。

"不，我明年一定要考上，不然后年我们家的咖啡消耗量就太吓人了。"

爸爸说道。

爸爸一边说着这些无所谓的事情，一边往咖啡杯里加满牛奶，喝起了咖啡。没有什么要紧的日程，他每天都能够按照自己喜欢的方式度过。一年就快结束了，时间缓慢地流动着。

返校日我去了一趟学校，上午回到家里，看见家门前站着一个打扮华丽的女人。是小林芳子。

"请问你在做什么？"

小林芳子目不转睛地看着我家，听见我的声音，她吓了一跳，把脸转向了我。真是个古怪的女人！

"你问我在干什么？我在研究你家。"

"研究？"

"对。从外面也看不出来，你还是让我进去吧！"

"嗯？"

"我要调查中原君的房间。"

芳子每次说的话都让我摸不着头脑。

"可是小直还没下班回来。"

"正好，我是专门挑他不在的时间来的。"

没有人说过让她进来，可她就这么跟着我进来了，还自己拿出拖鞋换上，然后进了屋。

"你到底是来干吗的？"

芳子没有理会一脸不可思议的我，一言不发地朝小直的房间走。小直没有什么好隐瞒的事情，房间里也没有什么见不得人的东西，但是专门挑他不在的时间来检查房间，真让人感觉不舒服。我紧跟在芳子身后，来到了小直的房间。

芳子走进房间后，立刻开始搜索。她仔细地环视着，一会儿掀开被子，一会儿检查书架，一会儿观察 CD 架，一会儿又很认真地看着吉他的周围。

"请问你到底在做什么呢？"

"我在想到底选什么东西好。"

"选东西？"

"圣诞节礼物啊！"

芳子理所当然地说道。离圣诞节还有一周，她说她在准备圣诞节礼物，这个我理解，但是这和观察我家有什么关系吗？

"只要看一下房间就基本上知道了，不是吗？"

"知道什么？"

"这还用问吗？当然是中原君需要什么东西啊！送出去的东西别人不需要，那不是给人添麻烦吗？送给收礼物的人能用上的礼物才有意义，不是吗？"

小林芳子说着，连衣柜和抽屉里面都检查了。桌子里面有小直以前的女朋友写给他的信和照片什么的，我还有点担心，结果芳子对这些东西丝毫不感兴趣。她为了寻找礼物的线索，一个劲地在房间里探索着。

"居然就这么点。"

芳子从桌子最上面的抽屉里拿出一张照片，是小直和她的合照。

"我说，你觉得这张照片如何？"

芳子把照片给我看。

"你问我觉得如何？"

"你觉得这张照片很不错还是很奇怪？"

"我觉得挺一般的，说不上来。"

我诚实地回答了。照片是两个人刚开始交往的时候拍的，先不说小直了，光芳子的表情就很阴沉。

"在这个房间里，我的照片只有这一张。"

"好像是呢！"

"我决定了。"

"决定什么了？"

"我要画一张自画像。"

"自画像？"

"一想到不能见面的时候，中原君只能看着这张照片里的我的脸，我就觉得发毛。我可比照片上可爱多了。"

芳子的礼物决定好了，也没有别的理由要留在我家了，立刻就走人了。

又是鸡又是自画像的，他们两个都选了些多余的东西。我一边念叨着，一边收拾着被芳子弄乱的小直的房间。

4

为了十二月二十四日这一天，各种事情都达到了高潮。一切都进展得过于顺利，以至于让我感到不适。

围巾眼看就要大功告成了，大浦君每天的送报纸工作也进行得很顺利。我每天早上远远地看着大浦君，三点的时候和爸爸喝咖啡。可能是因为认真地读了报纸，我开始了解世间的一些动静了。不知道是不是跟爸爸一起吃甜食的缘故，我稍微胖了一些。

不只是我和大浦君，加百列也胖了，看上去十分肥美；预计美化了很多的芳子的自画像应该也在一点一点地完成。

所有事情都朝着二十四日顺利地进发，总觉得有点不正常，我感到了一丝不适应。

"居然能够这么一步一个脚印地朝幸福迈进，真是有点不可思议！"

平安夜的前一天，我和爸爸一边喝着咖啡，一边欣赏着颇为优秀的围巾成品。

"真的有耶稣吧！每年一到了圣诞节前后，世间就很太平啊！话说有爸爸和小直的份吗？"

"什么东西？"

"当然是围巾呀！你不给爸爸和哥哥也织一条围巾吗？"

爸爸明明从来没有戴过围巾这种东西。

"不给。"

我摇了摇头。织东西很有乐趣，我觉得自己的手艺还不错。这次织围巾很成功，明年织双手套，再下次是毛衣，我想试着织各种东西，但这些都是为了大浦君。这么费时费力的事情，为了爸爸和小直的话，再有乐趣，我也提不起这个劲。

"真小气。"

爸爸露出郁闷的表情，喝了一口咖啡。

"啊，不过，爸爸和哥哥的话，有妈妈给你们织的东西。妈妈和我一起去的时候，买了好多毛线呢！"

"真的？"

"真的真的。所以你可以期待一下明天哦！"

　　没错，明天真是值得期待。收到围巾时的大浦君的表情，还有大浦君那么努力地为我准备的礼物，光是想象一下就兴奋不已。单纯的大浦君，肯定会比我预想的还要开心。

　　收到加百列的芳子会是什么反应，芳子的自画像是什么样子的，妈妈到底织了什么东西，这些事情我全都想早点知道。

　　"明天能不能快点来啊？"

　　我不由得咕哝了一句，爸爸笑了。

　　"小孩子真幸福。"

　　"为什么？"

　　"期待第二天的到来。这种事情变成大人以后就很少会有了。"

　　"这样啊……但是没问题，明天对爸爸来说也一定会是美好的一天。毕竟平安夜嘛！"

　　"有道理。那为了明天，我再加把油。"

　　爸爸一口喝完了咖啡，回到房间继续学习了。

　　平安夜的早晨，我比平时醒得都要早。虽然傍晚才能和大浦君见面，但我从早上开始就兴奋得不得了，脑袋很清醒，视野也很清晰。

　　我先拉开了窗帘。天色还有些暗，四周被白雾包围。只开了一点点窗，刺骨的冷空气便钻了进来。今天比平时要冷，云层厚厚的，路面也结了一层薄冰，不知道会不会下雪。而这时候和平时一样，大浦君骑着自行车来了。今天是最后一次配送。

他停下自行车，从车篮里拿出报纸塞进了邮箱。已经配送了一个月的报纸，大浦君很熟练了。天气过于寒冷，大浦君每动一下，呼出的白气就会扩散开来。

"大浦君！"

我打开窗户叫了一声。外面十分安静，喊出来的声音比我想象的要大。

"哦！"

大浦君听见了，抬起头，咧着嘴笑了。还是那张脸。就算是很小的一件事，大浦君也会笑得很开心。每次看见他这样的表情，我都能很真切地感受到我对他的喜欢。

"加油哦！"

我从窗户里探出身子，用力地挥动着双手。

"哦！"

大浦君也举起右手回应了我，接着比平时更有气势地踩着自行车远去了。

而这就是最后了。

5

　　葬礼是在大浦君家附近的殡仪馆举行的。参加葬礼的人很多，我们学生在外面的广场上按班级排着队，漫长地等待着给大浦君上香。天空中飘下的细小雨滴似乎有一半结了冰，冷得我似乎身体的每一处都结了冰。

　　大浦君是在前天死的，我收到了班里的通知。他早晨送报纸的时候被车撞死了，听说是当场死亡。我收到的只有这一条简简单单的死亡原因，以及葬礼的地点和时间。

　　我都蒙了。我还得通知班里的其他人，下一个人是野村。可是大浦君怎么就死了？我不知道我该怎么办。我通知了野村之后，就这么一直呆呆地站在电话前。

　　那天我本来要和大浦君见面，把我用心织的围巾送给他，然后收下大浦君送给我的礼物，再一同度过期待已久的圣诞节。本来应该是这样的，可是大浦君不在了，我该去哪里，我该怎么过，我该做什么？我毫无头绪。

我知道发生了一件悲伤到令人害怕的事情。但是这件事过于突然、过于重大，我的心里一时间没有涌出悲伤这种感情。之后我是怎么度过那一天的，我完全不记得。今天，智惠和真纪子来接我，我总算是换上了校服，来到了葬礼现场。

雨开始下大的时候，学生的队列终于动了。从一班开始按顺序往前。我是三班，所以比较靠后。

我在原地等了很久，身体变得很沉重，随着队列的移动，走进了场馆。里面是一个很大的祭坛，正中间摆放着大浦君的照片。是去年夏天拍的，他晒得有点黑，阳光地笑着，多好的表情呀！但这不是一张好照片。装饰在边缘的黑色丝带，让这个笑脸看上去一点都不真实。

黑色的遗像、装饰祭坛的大量的花、低沉的念经声、许许多多穿着黑衣服的人、大声哭泣的女孩子……是啊，这就是葬礼。大浦君死了。大浦君已经不在这个世上了。看到祭坛，我才似乎第一次意识到这个事实。

而在我意识到这一事实的瞬间，我的脑海里全都是大浦君。

　　大浦君前天早上送报纸的时候用力地挥手的样子；向我宣布他买下礼物时得意的样子；一个人说得特别起劲，然后又一个人害羞的样子；明明我就站在身旁，却总是扯着嗓子大声叫我的样子……大浦君的模样一个接一个地无比真实地浮现在我的脑海里。

　　我轻轻地摇了摇头。不行，不能想起这些事情，现在不能让大浦君活过来。要是这么做的话，我会变得不正常，我会发疯。早早地结束这一切，把香上完，然后回家。发生了什么事情，回家以后再想，总之在这里不行。我努力地说服自己，大口地呼吸了几下，把注意力集中在往前走的脚上。

　　快轮到我上香的时候，我看见了装着大浦君的褐色木箱，有几个学生把礼物和信放在了里面。对啊！可以把礼物和信带过来，我完全没有想到。大家对着大浦君说了好多好多话，有的人一边哭一边发问。

　　轮到我上香了，不知道是因为香的味道，还是因为场馆里的湿气太重，我开始晕头转向。我试着缓慢地深呼吸，但还是没用。呼吸困难，身体因为寒冷而发抖。不行了，已经是极限了。我努力不去想，却停不下来。大浦君的模样像决堤的洪水，涌进了我的脑袋，我已经不行了。现在看棺材里面的话，要是看到已经回不来的大浦君的样子，我会彻底崩溃。我得快点回家，总之，我得快点。

我没有停留，而是从旁边跑开了。我听见有人在叫我，但是我的脚步停不下来。我身体在发抖，脚底也踩不稳，没有办法好好走路。我不让自己去听，也不让自己去看，只是往前走。我脑子里只有回家这一件事，可是我感觉到了一丝气息。我感觉到大浦君在挽留我。我闻到了大浦君的味道，我听见了大浦君的声音。

他，在叫我？他，是不是有什么话想对我说？我回过头看了一眼装着大浦君的木箱。我瞥见了一点大浦君的脸，是那张我想要飞奔过去触碰的、我所熟悉的脸。但是完全不一样，那是没有一丝血色的、已经不在这个世上的大浦君的脸。

就在那一瞬间，我从脚到膝盖完全使不上力气，整个人都站不住了。脑袋变得无比沉重，眼泪决堤了一般冲出来。周围的声音都渐渐远去了，我眼前什么都看不见了。

为什么会发生这种事？他明明没有做错任何事情，为什么会发生这么可怕的事情？真的再也没有任何办法了吗？大浦君应该活得更长久啊！

"我不要！我不要！"我一边哭着，一边嘶喊着。我想要让这一切停下来，但是眼泪和声音都停不下来。心跳快得让我的胸口发疼，呼吸也很困难，手脚在发抖。身体没有一个地方听我使唤，眼泪和声音越来越激烈。我已经无能为力了。我没有办法走路，也没有办法停止哭泣。我被智惠和真纪子抱着，像是被拖离了现场。

我醒来的时候，已经是上午了。我身上还穿着校服，躺在床上。从昨天的葬礼回来之后，我就把自己关进了房间，一直哭到累了才睡着。

总之我得先洗个澡，换衣服，刷牙。我脑袋是这么想的，但是身体完全不能动。不知道是肚子饿了，还是累了，脑袋和身体都很乏力。

我得从床上起来。我从被子里出来，走下床，拉开窗帘。家门前的小路上积了一层薄薄的雪，在阳光的照耀下闪闪发光。对了，大浦君骑着自行车从这里走过。光是这么一想，眼泪就轻而易举地流下来了。

为什么会发生这种让人无可奈何的事情呢？不管怎么努力，不管怎么忍耐，大浦君都再也回不来了。我是那么需要他，可是再也没有办法把他找回来了。迄今为止，发生过那么多困难的事情，都有办法克服。但这次，不管我用什么方法，这件事都是不会再改变的了。我第一次遇到这样的难题。

这之后的人生，我究竟怎么办才好？我毫无头绪。为什么偏偏死的人是大浦君？朋友和家人死了，我也会难过。可是只要有大浦君在，我就能克服。可能会花很长时间，但是只要大浦君在，我就应该能够熬过去。不管发生多么悲惨的事情，只要有大浦君在，就一定会有办法。可是现在，大浦君不在了。

"我进来咯！"

沉浸在思绪里的我这时听见敲门声。小直走了进来，手里的托盘上是蛋包饭和牛奶。

"你从昨天开始不就什么都没吃嘛……"

我什么都没说，小直却解释起来。

"我没有生病。"

我的声音没有一丝活力，把我自己都吓了一跳。

"我知道你没病，但看你筋疲力尽的。"

"我没事。"

"澡也没洗，衣服也没换，校服上全是皱褶。不拿去干洗的话，你开学没衣服穿哦！"

"嗯。"

"别的先不说，你把东西吃了。衣服放那儿一年不洗也不碍事，两天不吃饭可就不行了。"

"嗯，我知道。"

"那快来吃蛋包饭，很好吃的哦！"

小直把托盘递到我的面前。明明肚子早就饿了，可是闻到番茄酱的酸味，我一阵恶心，把头转向了一边。

"不用……等我饿了，我自己下楼去吃。"

"真的没事？"

"嗯，真的。"

"消息来源可靠？"

小直开玩笑地问道，但我连微笑都做不到，只是点了点头。

"……那我走了。"

"嗯，谢谢你。"

"那待会儿见。"

小直出去之后，我仍然没有换衣服，又钻进了被窝。只是说了几句话，我就感觉筋疲力尽了。

第二天，早晨再次降临了。真是不可思议，不管发生了多么让人震惊的事情，日子还是在继续。爸爸自杀失败的时候也是，妈妈离家出走的时候也是，早晨依旧会到来。

这两天我几乎什么都没有吃，肚子里空空的，但是让大家替我担心也挺麻烦的，我便换好衣服往餐桌走去。明明离吃饭时间还早，爸爸却也在。

"哦，早啊！咦？怎么感觉好久不见了？"

小直说道。我勉强地笑了笑。

"早。"

爸爸有些犹豫地说道。

早餐是半熟鸡蛋和菠菜培根沙拉，两道菜都是我最喜欢的，但我吃了一口就觉得恶心。

"对了，我们单位来了一个当过美发师的人，然后大家都在休息时间找他剪头发。以前单位里净是头发邋里邋遢的人，结果最近大伙都变得清爽起来了。真是好笑！"

"那还挺令人羡慕的。爸爸，我也想请你那个同事给我理个发。"

"可以啊，他剪得挺好的。对了，佐和子你也去我们那儿参观参观呗，顺便可以剪个头发。"

"听说宫崎家的狗狗生了小狗呢！"

"好像是。听说正在找领养人。"

"要不我们家养一只？佐和子，你说呢？"

"不行不行，我们家有鸡。鸡这种动物很神经质，来了别的动物会很敏感。"

爸爸和小直为了不让餐桌陷入沉寂，像接龙一样聊着一些无关紧要的话题。

大浦君死了，不是爸爸和小直的错。我这样郁郁寡欢的，只是在给他们添麻烦，也很丢人。所以我还是努力笑一笑吧！我想试着说些什么，可是一句话也说不出来。我感觉自己可能不知道又会因为什么突然哭出来，只好点点头，勉强地笑一笑。

吃完早餐，我又不知道该做什么了。明明没有什么要做的事情和想做的事情，自由的时间就摆在我的眼前，可是这对我而言，只是痛苦。

如果还在上学倒还好。早上起来，去学校，上课，参加社团活动，然后回家。这样重复的生活，至少可以让我恢复正常一点。"必须去上学"这件事，会让我振作起来。可是很不走运的是，现在是寒假，没有任何约束我的东西，我可以尽情地沉浸在悲伤里。所有自由的时间都会被用在思考大浦君的事情上，这真是不幸。

"有什么事情是我可以为你做的？"

小直今天休假，吃完早餐一小时后，来到了我的房间。

"不用为我做什么。"

"就算你这么说，看见妹妹一直这样，哥哥我肯定会发慌的，不是吗？"

我双眼无神地坐在床上。

"啊，那个，要不你听我说说？如果佐和子难过的话，大浦君肯定也会难过。所以，佐和子应该高兴起来……这个不行是吧？那下一个。人经历了多少悲伤，就能收获多少坚强。虽然你现在很难过，但下次一定会有幸福的事在等着你，所以你要打起精神来。这个怎么样？"

我不知道该怎么回答，只是微微点了点头。

"抱歉……我这个人词汇量特别少。"

小直耸了耸肩，走出了房间。

中午过后，小直抱来了一大摞书，有《每个人都会幸福》，还有《让你绽放笑容的爱的关键词》《让你活得开心的二十个魔法》什么的。当然，小直对书的内容一无所知，看了一眼书名，就把看上去是在教人怎么变幸福的书全部买回来了。

"都是些厉害的人写的书，肯定比我说的话有说服力。"

"是吗？"

"是啊！你看这个，'现在，即便是苦涩的，也请你微笑。你的眼泪是让幸福之花绽放的肥料'……这什么鬼东西？不就是把我说的话包装了一下吗？我干脆也去出书算了。"

小直笑了。换成平时，我一定会说"那也挺不错的"，然后和小直一起咯咯地笑。可是现在我完全不觉得好笑。

"这些书真的很一般啊！冲动地买了这么多，浪费我的钱。"

小直垂头丧气地抱着书出去了。

傍晚小直又抱着吉他来了。

"今天是听众点歌特集，你想听什么？"

小直弹吉他难听得惊世骇俗，每次都是乱七八糟的伴奏配上胡编乱造的歌词，自己一个人情绪高涨地唱着。虽然我会抱怨，但是我不讨厌听小直弹吉他，不过我现在一点也不想听音乐，不想让这么吵闹的东西进入我的耳朵。

"没什么想听的。"

"别客气嘛！你说，你想听什么？"

"我想听什么……"

"什么都可以哦！这种机会可是没有第二次的哦！可以听到你喜欢的歌曲哦！"

见我一直不说话，小直便自顾自地唱起一首莫名其妙的歌。

　　还是那熟悉的蹩脚歌词和糟糕的吉他声，我只是一动不动地等待结束。

　　小直为我做这些事情，我都很感激。要是小直没有精神的话，我也会想尽一切办法给他打气。但是小直的这份亲切没有帮上任何忙，不管他用什么手段，我的脑袋里都只有大浦君。

6

第二天，我也在房间里待了一天。我什么事情都不想做，从早到晚只是在床上迷迷糊糊地想着什么。时间缓慢地流逝着，一天的时间似乎永远不会结束，我有些不安。然而在浓烈的夕阳照进窗户，一天快要结束的时候，我又会因此感到悲伤。

晚餐时间我到楼下去，看见妈妈在餐桌边坐着。

"佐和子，我来打扰你们啦！"

明明是自己家，妈妈却笑着说道。

妈妈经常来我们家，给我们做饭、打扫卫生什么的，但仅此而已。把该做的事情做完，她就回去了，不会跟我们坐在一起吃饭。妈妈离家出走五年了，这还是第一次在一个什么事都没有的日子里，一家四口在一张桌子上吃饭。

久违的一家团聚的餐桌，四个人一起吃的晚餐。这也许是一件很值得感动的事情，但是我的心里面没有一丝波澜。多了一个人，仅此而已。

"快吃吧！今天是我和爸爸两个人一起做的呢！"

妈妈笑着说道。大家双手在胸前合十。

晚餐是放了好几层蔬菜和绞肉的上面有芝士的奶汁烤菜，以及蘑菇饭，还有洋葱煮到烂糊的洋葱汤。每一道都是我喜欢的菜。

"我才发现，刚才一高兴，平菇、杏鲍菇什么的往里面加了一大堆，结果现在菇类比米饭还要多。"

妈妈开心地说道，爸爸也笑了。

不知道是不是因为妈妈也在，爸爸和小直看上去比平时心情好一些。看样子每道菜都很好吃，大家都添了好几碗饭和汤，但是我几乎没有动过筷子。而更糟糕的是，待在热闹的餐桌上，我的心情反而更加沉重了。小直、爸爸和妈妈没有做错什么，可是看见大家开心的样子，我内心感到一阵烦躁。

"我差不多要回去了。"

晚餐快要结束的时候，妈妈突然想起什么事情似的说道。

"嗯？我还以为妈妈你打算回来了呢！"

这时妈妈看着我的脸说：

"不了。反正妈妈回来了，也改变不了什么。"

我心里面不是这么想的，但是我的声音听起来十分冷漠。

"这样啊……也是。"

妈妈没有说话，点了点头。

我知道妈妈担心我，让妈妈这么担心，我也很过意不去。但妈妈是要回这个家，还是要去遥远的国外，对现在的我来说都不重要。

我的愿望只有一个，那就是让大浦君回来——仅此而已。

如果我的愿望能够实现的话，我希望回到十一月二十四日那天，这样我就可以告诉大浦君我反对他去送报纸。不，我会叫他不要去打工了。回到十二月二十四日的早晨也可以，我要对送报纸的大浦君说的话不是"加油哦"，而是"路上小心"。不失去大浦君的机会有很多，但是没有哪个能够变成现实。不管我怎么努力，大浦君都不会回来了。

"还挺奇怪的。"

我放下筷子说道。

"怎么了？"

妈妈惊奇地看着我。爸爸和小直也一动不动地听着。

"爸爸当时明明想死，结果却失败了，一直活到了现在。大浦君根本就不想死，却死掉了。想死的人死不了，不想死的人却死掉了，太奇怪了，真是不公平！"

说完之后，我立刻后悔了。我怎么说了这么过分的话？但是说出去的话，泼出去的水。我一定会被狠狠骂一顿，可是没有人骂我。我低着头，等着其他人说话。

"真可怜。"

过了一会儿，小直说道。

"能说出这样的话，看来佐和子真的伤得很严重啊！"

小直平静地说道。我什么都没说，又开始抽泣了。

我变成了一个越来越讨厌的人。不能再这样下去了，我得振作起来。可是情况丝毫没有好转。

7

　　第二天，以及接下来的一天，也一样。妈妈不来家里了。小直来我房间观察我的次数减少了，但是我几乎没有什么改变。

　　早上起来，三个人一起吃早餐，然后我回到房间，恍恍惚惚地想事情。过了中午，我下楼和爸爸一起吃午餐，然后钻回房间。偶尔傍晚我会出去散会儿步，回来吃了晚餐就睡觉。我夜里会醒好多次，每次都睡不沉。我每天哭着，几乎在被子里度过一整天。我自己都怀疑，继续这样下去，我的身体会不会腐烂？

　　早晨再次降临。我拖着沉重的身体迟缓地走下楼，感觉餐桌的气氛好像有些不一样。因为我，家里的气氛还是那么沉重，今天却似乎热闹了一点。仔细一看，餐桌上摆放的是年菜。

　　是啊，该过年了！时间在毫不留情地逝去，不知不觉间，连年份都变了。

"今年啊，可是订的百货店的年菜！"

爸爸开心地说道。

"偶尔品尝一次这种高级餐厅的菜也不错。"

小直也开心地说着，打开了年菜的盒子。

"咦？妈妈呢？"

我环顾着安静的客厅，感觉一点年味都没有。虽然分开住了，但过年妈妈肯定会来的，而且每年都是妈妈给我们做年菜。

"妈妈出去玩了。"

爸爸说道。

"出去玩？新年的时候？"

"是啊！"

"那她去哪儿了？"

"她说去哪儿来着，叫什么巡礼的东西。她跑去那个巡礼了。"

爸爸说得好像事不关己一样。

"巡礼？"

"四国八十八遍路或者西国三十三所这种吧……大概就是这种……"

不管是四国还是西国，都很远啊！可爸爸和小直都不是很在意。

"不是挺好的吗？赶紧吃饭吧！"

小直迫不及待地坐到了位子上，用小盘子把每样菜都给我盛了一点。

"可是……"

"肯定一会儿就回来了。"

爸爸也拿起了筷子。他们两个人的说话方式都特别像小孩子，不是很令人信服，但我还是坐到了自己的座位上。

腌渍鲱鱼鱼子、黑豆、慈姑、沙丁鱼鱼干，全是据说吃了可以让人变得幸福的年菜。去年我也吃了年菜，却没有变得幸福。

爸爸和小直不停地说着"好吃好吃"，似乎找不到别的话说。的确，高级餐厅的年菜味道很高级、有层次，但妈妈做的年菜要好吃得多。虽然想了这么多，但我还是把这些据说吃了可以变得幸福的菜都吃了一遍。

一月二日一大早，真纪子和智惠来到了我家。

"我们知道你很难受，但是你看这样对身体也不好，跟我们一起出去玩，好不好？"

说着她们二人把我带到了外面。

我最近几天一直在床上躺着，浑浑噩噩地过日子，身体都有些不灵活了。我也没有生病，但在街上走了没一会儿就觉得身体轻飘飘的。

"放开了玩，玩个尽兴！"说着，她们两人把我带到了KTV。虽然我一点也不想去KTV，但是朋友的这份心意让我很感动，我得表现得开心一点。于是我一边听真纪子和智惠唱歌，一边拼命地拍着手，笑得很开心地给她们看。

可是我的注意力完全集中不起来。明明音量很大，可是歌声和伴奏都渐渐离我远去了。真纪子和智惠就在我的眼前，可我还是像自己一个人的时候一样，脑海中浮现的是大浦君。

和大浦君的第一次约会是在神社里。我们一起去买了保佑爸爸考上大学的御守。两个人一起参拜，在回去的路上抽了签，上面写着恋爱关系会破裂。

大浦君受到了极大的打击，嘴里说着"这怎么可能？这个签不靠谱！"，可还是跑去买了一大堆绘马、恋爱御守什么的。我提醒他"你这样就正中神明大人的下怀了"，可他完全听不进去。当时我心里想着，要是和大浦君结婚的话，一定要小心不能沉迷于宗教、赌博什么的。

回忆起一件事，便接二连三地想起关于大浦君的其他事情。

大浦君每次与我接吻之前都会问我："我可以亲你吗？"害

得我反而更害羞了，所以我不喜欢他那样。

"你干吗每次都要问我？"

"我和你不是身高差很多吗？"

"这个和身高有什么关系？"

"接吻之前的间隔不就很长吗？这样一来啊，我准备亲你的时候，你可能会逃走，不是吗？"

"啊？"

"就是说啊，要是你逃走了，我肯定会受打击，所以我还不如提前问你一声。"

"我干吗要逃走？"

"不会吗？"

"当然啊！因为我也喜欢大浦君啊！"

"说得也是。"

大浦君开心地笑了。

我后悔没有更多地去表达这份爱意。

我想起来很多事情，后悔的事情也很多。不管和谁在一起、在做什么，我心里面想的事情只有一件：要是大浦君在就好了。

"佐和子，我们两个合唱吧！"

真纪子把麦克风递给我，我连忙应了一声，站了起来。

　　这种时候要是一副有气无力的样子，就太对不起朋友了。虽然真纪子和智惠都是我的好朋友，但说实话，我没觉得我们的关系好到即便我态度不好也会被她们原谅的程度，还是要珍惜这段友谊的。大浦君以外的事情变得怎样我都无所谓——虽然我是这么想的，但要是连真纪子和智惠都讨厌我的话，我肯定会不好过。

　　我憨憨地笑了笑，和真纪子一起唱了一首我根本不熟悉的歌。

8

正月假期结束，吃完早餐，我正在收拾，穿着西服的爸爸从房间里走了出来。

"你这是怎么了？"

"什么怎么了？"

"你这身打扮。你这是要去哪里？"

"就是去预备学校啊！"

"这么早就去？"

爸爸的兼职应该是从傍晚才开始的。

"我转正了，从临时工变成正式员工了。厉害吧？"

"正式员工？那大学考试呢？你不是想去上大学吗？"

"啊……那个啊……其实去不去都无所谓。我出发了。"

爸爸说完，就像普通家庭的父亲们那样系上领带出门了。

我不明白发生了什么事，呆呆地望着爸爸的背影。妈妈去巡礼，爸爸变成了正式员工。大家这都是怎么了？

爸爸走了之后，家里一下变得很沉寂。现在看来，白天爸爸在家，晚上有小直在，家里平时除了我，总是还有另一个人在。已经很久没有一个人孤零零地待在家里了，我一下子有些心里没底。

明明之前也是把自己一个人关在房间里，可是一个人待在安静到没有任何声音的家里，还是感觉很不舒服。我走到院子里，打算去看看鸡的情况。加百列可能已经被芳子吃掉了，末子和奇奇应该还在。

"咦？"

真奇怪，三只鸡都在鸡窝里。由于天气冷，它们动作迟缓，但是加百列也跟着呼扇起翅膀。

加百列竟然没有被做成烤鸡，果然是被芳子嫌弃了。

"真可怜，明明为了圣诞节积攒了那么多脂肪。"

我一个人蹲在鸡窝前自言自语。芳子真是个过分的女人，换成我，只要是大浦君送我的东西，管它是鸡还是自画像，我都会高兴地收下。

现在看来，加百列胖得非常没有意义，而且比其他两只鸡行动困难得多。不管被吃掉还是没被吃掉，它都很可怜。

我一动不动地在鸡窝前看着鸡，忽然听见了门铃声。我看了一眼玄关的方向，有个女人站在那里。我心里想着千万别是上门推销的，结果是一个看上去完全不像销售员的非常消瘦的女人。

"请问您是……"

我歪了歪头，女人低下头说："我是大浦勉学的母亲。勉学承蒙您照顾了。"

"哪里……"

我有些困惑，但还是鞠了鞠躬。

大浦君的妈妈，我见过好几次了，但是和眼前的这位判若两人。大浦君的妈妈本来更年轻，看上去更光彩照人。仅仅过了一周左右，人竟然会发生如此大的变化。看见大浦君妈妈的样子，我内心一阵刺痛。

"这是给你的。"

大浦君的妈妈递了一个纸袋给我。

"这是什么？"

"我猜是圣诞节礼物吧，勉学在他死的大概五天前买的……"

说着，他妈妈扑哧笑了。

"他那个样子啊，真是高兴得不得了，从纸袋里面反反复复取出来好几次，盯着包好的礼物看，所以你看，都有点皱巴巴的了。"

"是这样啊……"

我的脑海里也浮现出大浦君的那个模样，和他妈妈一样，扑哧笑了。

"如果不会给你添麻烦的话，能不能请你收下？"

"怎么会是麻烦呢……谢谢您。"

我深深地低下了头。

人有的时候会做出和平时不一样的事。我想大概是因为在本人没有察觉的时候，身体的某个地方产生了预感，于是做出了这样的事。

大浦君最不擅长的科目就是语文，成绩单十级评定只能得第四个等级，每次都勉强及格。他尤其不擅长写作文，进入高中之后，我替他写过两次读书感想。而这样的大浦君给我写了一封信，而且写了三张信纸那么长，简直是奇迹。平时的大浦君一定不会做这种事。

致佐和子：

　　圣诞快乐！

　　交往已经两年了，我真的很高兴遇见你。我能考上西高，能够把送报纸这么麻烦的工作坚持下来，也都是因为有你在。

　　我觉得我是真的喜欢你。

　　所以，我认真考虑了一下，有一天啊，中原你会不会变成大浦佐和子？我现在不是在求婚，但是终究有一天会变成这样的，你说呢？我之前说过，我们两个人上大学，各奔东西的可能性很大，所以怎么说呢，也有可能会分手。能够一直在一起的话，那肯定是最棒的，但长大后进入公司工作，到时候我可能会被女白领什么的缠上，也可能会有长得超帅的上司迷上你。如果只是这样的话倒也还好，但我们还有可能被调到别的地方工作，比如我去了北海道，而你被调到冲绳之类的地方。那样的话，我们俩一个月都见不上一次面，可就不好办了。

　　说了这么多，其实我想说的是，可能会发生各种各样的事，我们两个可能会一次又一次地分开。但是到了最后，我觉得我们还是会在一起，我确信。

　　到了那个时候，我们还管对方叫"大浦君""中原"不就很奇怪吗？虽然也有夫妻不同姓这回事，但是这种特别前卫的东西我有点不习惯。而且要是当父母的称呼彼此"大浦君""中原"的话，我们俩的小孩肯定会很疑惑，那多可怜啊！所以我决定我不再叫你中原了，我要叫你佐和子。我这个人特别笨，要是不趁现在开始练习的话，我肯定这辈子都会叫你中原。所以，从今天开始我就叫你佐和子。你那么聪明，结婚之后再改口肯定也没问题，但你最好还是早点想一个大浦君以外的称呼吧！

这就是我今年的圣诞节宣言。

我本来应该感到悲伤的，但是这封信很好笑。语文勉强及格的大浦君的信写得太笨拙了，反而可以被称为杰作。我读的时候，好几次差点吐槽："怎么可能会有这种事？"只有开头算是在写信，后面和他平时说话一模一样——自己一个人在那儿想象着，然后又自己一个人在那儿兴奋不已，最后还忽然来一个宣言。可是正因如此，我才很悲伤，好像大浦君就活在信纸上面一样。

早知道的话，最后那天早上，我就不该叫他大浦君，我应该用别的名字叫他。

读完信，我打开了纸袋，正如他妈妈所说的，包装纸已经皱巴巴的了，而很巧合的是，礼物竟然也是围巾——浅粉色的、摸起来很舒服的山羊绒的名牌货。高中生用这么高级的东西还太早。我从盒子里拿出来，轻轻地把围巾围在了脖子上。

我猜当时大浦君一定是手里攥着打工挣的所有的钱，到了百货店，跑到店员面前跟人家说："我要这里面最贵、最高级的围巾。"态度强硬地对困惑的店员重申："总之要这里面最好的围巾。"然后店里面的人也一定被他逗笑了。

大浦君做事情总是很简单直白，我一下子就能想象出来，毕竟我们两个人在一起那么久了。

我猜大浦君看见现在的我一定会很失望。大浦君说我是一个特别温柔的人，有的时候还会特别感动地说我是个很好很好的人。现在的我和大浦君喜欢的我完全不同，但我也没有办法。大浦君不在了，我就变成了一个没用的、讨厌的人。我希望大浦君不在了，我也能够保持微笑。我知道我应该那样，可是我不知道该怎么办。

我取下了围巾，轻轻地把它放进了盒子。这是大浦君的一片心意，我却不知道自己该不该拿来用。要是把这种东西围在脖子上，我会痛苦得受不了。大浦君没能收到我给他的礼物，只有我自己收到了礼物，太对不起他了。

　　我用皱巴巴的包装纸重新把礼物包了起来，然后听见两下粗暴的敲门声。

　　我吓了一跳，究竟是谁？

　　"真是的，你这么阴暗，可是给我添了大麻烦！"

　　小林芳子一边大声地说着，一边走到了屋里。

　　"请问你有事吗？"

　　"你别在意我了，你大门都没锁。要是我没来，这会儿你们家都该遭小偷了，那你就惨了。"

　　"呃……"

　　"哎，你怎么呆头呆脑的！"

　　芳子趾高气扬地说着，随手拿了一张坐垫，一屁股坐在了房间的正中央。和平时不同，芳子今天的穿着很简单——毛衣和牛仔裤，没有喷香水，也没有戴首饰。看来她不是来见小直的。

　　"请问你这是怎么了？"

　　我也拿出了坐垫，坐在了芳子面前。

　　"我没怎么。倒是你，在那儿一个劲消沉，后果就是你哥也消沉。作为他的恋人，我都高兴不起来了。"

　　她是专门来说这个的吗？我一言不发地皱着眉。

　　"我说啊，你别闹情绪了，难得我过来一趟。"

"所以说，请问你是来干吗的？"

"也……也没什么事……"

芳子很反常地结巴起来，话说到一半开始环顾房间。

"欸？那个是你织的？"

眼尖的芳子一眼就发现了书架上放着的我织的围巾，也不经过我同意就把围巾拿下来了。

"所以你到底是来干吗的？"

"这是你打算送给恋人的礼物？"

"是又怎么了？"

"多浪费啊！不送出去就一直这么放着吗？"

"这不关你的事。"

"的确不关我的事。"

芳子把围巾围在了自己的脖子上，一个人在那儿说"不错不错"。

"请问你来这里到底是要干吗？"

我拿走了围巾，又问了一次。没有什么事的话，我希望她赶紧走。

"也不是什么大事。"

"那是什么？"

"唉，我其实不想在这儿磨叽的。唉，怎么说呢？"

芳子很难得地露出了发愁的表情。

"那我就说了。我这个人嘴笨，可能说得不是很好，你就往好的方面理解。我平时不是个好人，可能我说话会有点招人厌，但是我真的没有恶意，所以你别往坏处想。"

"啊？"

我完全不知道芳子想说什么。但芳子丝毫不在意困惑的我，结束开场白之后，就开始说了：

"我知道，这话听起来不好听，但是恋人这种东西想交几个都可以。当然我知道，现在这个时候说这种话很恶劣，但这就是事实啊！恋爱也好，交朋友也好，都不是问题，全凭你自己努力。你啊，是个挺乖巧的孩子。这不是场面话，我真的这么觉得。所以你没问题的，肯定还能交到男友的。我向你保证，要是你交不到男友，我就负责给你找一个，没问题。但是家人不一样，对吧？可以取代你哥、你爸的人，不是你想想办法就能找到的。"

"你是想告诉我要珍惜家人？"

"差不多。我觉得你应该更珍惜他们，也可以多跟他们撒撒娇。"

"我不懂你的意思。"

我皱着眉，歪了歪头。

"家人不是想有就有的，但相对地啊，也不是那么容易就会失去的。即使你不努力，家人之间的联系也不会那么随随便便地就没了。所以啊，你就放心大胆地去撒娇。但是要我说的话，不懂家人的珍贵那肯定也是不行的。总之我啊，就觉得你现在的环境是可以让你振作起来的，你也要让自己振作一点。倒是不用那么着急，形式也不重要，但是要打起精神来！我说完了。"

芳子用一种豁出去了的语气说道，接着她从包里拿出一个纸袋，塞给了我。

"这个，给你的。"

"这是什么？"

芳子递给我的纸袋沉甸甸的，有一股甜甜的味道。

"奶油泡芙，一共十二个，你留着自己一个人全部吃掉。"

突然收到芳子的奶油泡芙礼物，我越来越搞不懂她了。

"我知道我送礼送得有点莫名其妙，但是我真不知道还有什么别的方法了。就像你不知道该怎么办才好一样，我也不知道到底要怎么做，你才能打起精神来……"

小林芳子突然害羞地笑了。

这个时候，我第一次明白了为什么小直喜欢她。

　　"真的可以收下吗？"

　　"收下吧收下吧！总之你振作点！你一直没精神，我的烤鸡就一直吃不到。"

　　芳子开玩笑地说道。她笑了笑，离开了房间。

　　芳子离开之后，我立刻从袋子里拿出了奶油泡芙，一股浓浓的香草的甜味。我一口咬了下去。很久没有吃点心了，味道很甜，特别好吃。我吃了两个，肚子就饱了，从第三个开始，觉得奶油有点腻，差点吐了出来，但是我认真地解决了每一个泡芙。没有喝饮料，吃到一半的时候有点难受，但是我把十二个泡芙都吃了。

　　芳子做的奶油泡芙，奶油味道还挺不错的，但是皮一点也不蓬松，干巴巴的。而且十二个泡芙，其中四个都被我吃出了蛋壳，真是服了她了！

　　芳子虽然不能干，但是经常做奶油泡芙拿来我家。她最开始带来的泡芙样子很丑，里面还有蛋壳，但是最近带来的奶油泡芙都做得特别好。

　　我也做过几次奶油泡芙，虽然不是特别难，但是很容易失败。我想芳子也是费了很大劲才做出来的。今天不是为小直而是为我做的，所以成品就是这个样子。

　　肚子里的奶油泡芙让我觉得不舒服起来。但不知道是因为吃了很多，还是因为身体摄入了糖分，我感觉自己比刚才有精神一些了。

今天的晚餐是麻婆粉丝、炸豆腐、蒲烧沙丁鱼，昨天的晚餐是干烧明虾，前天是烤奶油鲑鱼。这两周，不管早上、中午还是晚上，每顿饭都是我喜欢的菜。

"这个豆腐是我从预备学校回来的路上在商店街的豆腐店买的，比平时吃的豆腐好吃很多哦！"

爸爸一边说着，一边放了一块炸豆腐到嘴里。我正想学爸爸塞一块豆腐到嘴里，结果嘴巴完全包不住。

"不用那么硬往嘴里塞。"

"不该做成炸的。该做成冷豆腐，吃起来更方便。"

看着一脸担心的爸爸和小直，我忍不住笑出了声。

"你怎么了？"

两个人十分惊讶地盯着我的脸。

"其实我……现在肚子很饱。"

"肚子很饱？"

"因为我刚才吃了奶油泡芙。"

"嗯？"

"小林芳子特制的超浓厚奶油泡芙，我一口气吃了十二个。"

揭晓谜底之后，我偷笑起来。

"你干吗全部一个人吃掉，好歹留一个给我啊！"

小直也笑了。

"十二个泡芙，四个里面都吃到了蛋壳，是不是很过分？"

"啊，原来是专门做给佐和子吃的！"

小直好像明白了，点了点头。

妈妈正月初就早早地去巡礼了。爸爸之前明明学习得那么刻苦，结果放弃了考试。小直和芳子的圣诞节也推迟了。有很多事情，因为我，在一点一点地打破原本的样子。为什么大家会允许这样的事发生呢？我想那一定是因为我们是一家人。可是，我也不能一直依赖他们。

"爸爸，我明白了。"

"什么？"

"我很庆幸爸爸的自杀以失败告终。现在的我很颓废，我觉得世界上没有比大浦君的死更让我痛苦的事情了。可假如爸爸那个时候死了，那么我现在就要经历两次这样的事。"

"这样啊……"

爸爸露出了一种不知道该高兴还是难过的表情。

"其实你也不用放弃考试嘛！好不容易拼命学了那么久，

今年说不定就考上了呢！"

"不考试也没关系。"

"为什么？"

"你问我为什么……爸爸我啊，觉得自己得活得再认真点。对爸爸而言，认真地活下去，就是作为爸爸活下去。我之前不想被爸爸这个角色束缚，所以想要抛弃迄今为止的自己，但是爸爸就是爸爸，果然还是当爸爸最让我安心。总之，我想一直当爸爸。"

"什么意思？"

我歪了歪头。

"爸爸，你说了好多次'爸爸'，我有点没听明白，主语、宾语都乱了。"

小直也皱着眉头。

"简单说来就是我在预备学校工作得越来越开心了。"

爸爸说着笑了。虽然话题有些沉重，但这是我熟悉的餐桌。看见他们两人的笑容，我忽然这么觉得。

妈妈去巡礼，爸爸变回正儿八经的爸爸，小直留了加百列一条命。这样的事情，不会让我振作起来。这个世界上没有让大浦君死而复生的方法，也没有任何让我三两下就能振作起来的方法。可是在任何时候，我的身边总有一样东西。

"总觉得给芳子添麻烦了。"

我很小声地说道。

"但是加百列因为佐和子得救了，它可高兴了。"

小直笑了。

9

应该在巡礼途中的妈妈，在公寓里。

"我琢磨着妈妈是时候受挫返程了。"

"你可真是失礼！巡礼已经结束了。"

"真的？这么早就结束了吗？"

"是啊！我不仅走完了，还走了三次。"

听到这个令人意外的事实，我瞪大了眼睛。

"你去哪里了？四国？关西？"

"都不是。"

"那是哪里？"

"若松神社和金刚禅院，顺便去拜了拜公园前面的地藏。"

若松神社、金刚禅院、公园前的地藏，从这里走过去二十分钟就能逛完。

"这叫巡礼？"

"不行吗？"

妈妈的表情似乎在问我：有什么不满吗？

"你说行就行吧！这个给你。"

我把一个包装得很漂亮的盒子放在了桌上。

"这个是？"

"小林芳子特制的奶油泡芙。今天我们一起做的。"

今天早上，我在芳子的家里做了奶油泡芙。小林芳子明明说她要教我做泡芙，叫我去她家，结果去了她家，她扔下一句"你自己看着学啊"，连用哪些材料都不说明一下，就自顾自地做了起来。没办法，我只好在一旁用自己的方法做了奶油泡芙。可是没想到刚做完，就被芳子擅自命名为"芳子特制奶油泡芙"了。

"哦？现在就开始讨好自己的婆婆啊？"

妈妈一边打开盒子一边说道。

"不是。芳子说自己不会采用这样的手段，讨好妈妈的时候一定会采用更大胆的方式。所以妈妈你小心点。"

"是吗？我知道了。"

妈妈露出微妙的表情，点了点头，随即吃了一口泡芙。

"嗯，好好吃啊！"

"真的？"

"嗯，我也开始觉得芳子这个人还不错了。"

"那真是太好了。"

我没有碰奶油泡芙，而是喝起了妈妈泡的红茶。毕竟前阵子吃了十二个泡芙，有点吃够了。

"咦？这个是妈妈织的？"

客厅的角落放的纸袋里塞着围巾和毛衣什么的。

"你说那个啊？"

就像有什么不好的东西被发现了似的，妈妈慌慌张张地站起来，把纸袋放到了更不起眼的角落里。

"是送给爸爸和小直的吗？"

"嗯。"

"不是圣诞节礼物吗？"

"是。"

"那你快给他们呀！"

"啊？"

"快送出去吧，不然多浪费啊！我也会把我的送出去，好不容易织的围巾。妈妈，你也快点送出去吧！"

送不出去的礼物，有点过于悲惨了。织围巾这件事本来就不太合理，要是没有人用的话，就更不合理了。

"好，我知道了。"

妈妈点了点头，吃了第二个泡芙。

我按下了大浦君家的门铃，他妈妈出来了，穿着很整洁，但和前阵子一样憔悴。他妈妈用虚弱的声音说："让你特地跑一趟，真不好意思。"然后把我请进了家里。

他们家很大，我来玩过几次。木制的新家，内饰也很讲究，但是跟以前完全不一样。以前家里随处可见鲜花，装饰着他妈妈做的手工拼接布艺，是很时尚的家。现在的家看着特别萧条、冷清。

里面的房间有一个大大的佛坛，挂着大浦君的照片。供奉的花一点也不可爱，供奉的点心看上去一点也不好吃。人死掉，真的是一件很悲伤的事情。

这次我好好地上了香，在大浦君面前合十了双手。我每一天都在回忆关于大浦君的事情，后悔、叹气。也许正是因为这样，我今天才能够以非常现实的心态在这里祈祷，希望大浦君能够安息。

"这个……可能您不太需要……"

上完香，我被带到了客厅。我把一个纸袋递给大浦君的妈妈，里面是我给大浦君织的围巾。对他妈妈来说可能只是个麻烦，但我还是忍不住想要把这个送给大浦君。

"是圣诞节礼物吧？"

他妈妈平静地微笑着。

"是的。现在才拿过来有点奇怪。这是围巾。"

"难道是中原同学你织的？"

"嗯，是我织的。"

他妈妈说难得织了围巾，要拿出来看看。她打开包装，把围巾拿了出来，还表扬我说织得真好。

"这个礼物拿给你们，也只是给你们添麻烦，但是……"

"我觉得他应该很高兴……"

他妈妈把围巾拿在手里，专注地思考了片刻，又忽然想到了什么，抬起了头。

"这个可以送人吗？"

"嗯？"

"这条围巾如果能送给勉学的话，不管用什么方法我都会交给他。可是，我也没有办法。不管在佛坛上供多久，都不会有勉学围上这条围巾的那天……这是中原同学你好不容易织出来的，如果不拿来用的话，不就太可惜了吗？连围巾都和勉学一起长眠，那就太悲伤了。"

"嗯……"

我没太听明白他妈妈在说什么，但还是应了一声。

"所以说，可以把这个送人吗？可以送给宽太郎吗？"

"送给宽太郎君？"

宽太郎君是比大浦君小三岁的弟弟，不过我只在照片上见过他。他应该也参加了葬礼，但我那个时候没有留意。

"如果中原同学你不反对的话，我们就这么办吧！"

他妈妈没有等我回复，便把弟弟叫了过来。

从房间里出来的弟弟看见我之后，面无表情地低下了头。他只有眼睛和大浦君比较像，其他地方都不太像。不知道是不是表情看上去不太高兴的缘故，跟热情洋溢的大浦君相比，弟弟看起来比较成熟，或许还有点神经质。

"你好，我是中原佐和子。"

"你好。"

弟弟只说了这一句，没有说自己的名字。听大浦君说，弟弟和他一样不喜欢自己的名字。大浦君还叹着气说："我爸妈取名字真是太没有品位了。"

"这个是中原同学给你哥哥织的，可你哥哥不是已经不在了吗？所以中原同学说难得织好的围巾，那就送给宽太郎吧！"

他妈妈把围巾强行递给了弟弟，弟弟也没有办法拒绝，面无表情地收下了围巾。

"啊，实在是很对不起！"

弟弟看上去一点也不高兴，我有些不知所措。被硬塞了原本是送给死去的哥哥的礼物，换成谁肯定都不会高兴。

"这种东西很多余是吧？"

"不会，谢谢你。"

弟弟用没有一丝感激之情的声音对慌张的我说道。

大浦君的妈妈送我出了门。刚离开大浦君的家，天空就飘起了雪花。听说今年是暖冬，但是经常下雪。我注视着低沉的灰蒙蒙的天空，从天空的深处，接连飘下细小的雪花。

我望着天空，啪嗒啪嗒地往前走。这时候我听见了脚步声，回头一看，是大浦君的弟弟，他戴着围巾朝这边走来。

追上我之后，弟弟停下了脚步，依然面无表情。我歪了歪脑袋，心想他到底有什么事情。弟弟很小声地说道：

"时间刚好。"

"时间？"

我完全不知道他在说什么。

"从明天开始就是第三学期了，我可以戴着围巾去上学。"

弟弟没有一丝笑容地说道。

这样啊！明天就要开始上学了啊！

"说得也是。那我也戴围巾去上学。"

"织了两条吗？"

"没，是你哥哥送给我的。"

"原来是配对的啊！"

弟弟咕哝道。

当然不是配对的。你哥哥送给我的是高级货，我送的是手工编织的，颜色和设计完全不一样。我想着要不要解释一下，但还是算了吧。

"不过，有点长了呢！"

我抓住了从弟弟脖子上耷拉下来的围巾的一头。我当时想着大浦君一定很适合戴蓝色的围巾，结果弟弟戴着也很不错。不过因为是给大高个的大浦君做的，所以弟弟戴着有些长。

"没关系，我还会长个子。"

"这样啊……说得也是。"

听到我这么一说，弟弟拼命地点了点头。

原本以为没有任何用处的围巾，现在围在了大浦君的弟弟的脖子上。我虽然失去了一样占据我很大一部分的东西，但并不是失去了全部。我身边还有一些重要的人和事，而且有一些新的东西正在连接起来。

"那我走了。"

"嗯，再见。"

面无表情的弟弟依然一丝微笑都没有，但是和大浦君一样，不停地朝我这边挥着手。